集英社オレンジ文庫

柊先生の小さなキッチン

髙森美由紀

JN032207

本書は書き下ろしです。

HIIRAGI-SENSEI's
small kitchen

もくじ

イラスト／pon-marsh

1章

HIIRAGI-SENSEI's
small kitchen

「叱《しか》られた犬が乗り込んできたかと思った」

　というのが、カウンターの内側で青菜を湯がいている親友・歩美《あゆみ》の第一声である。

「叱られた犬のほうが、バレンタインデーに失恋したアラサーよりマシだよ」

　一葉《かずは》は枡《ます》に入ったグラスの酒を呷《あお》ると、一枚板の頼もしいカウンターに肘《ひじ》をついて頭を抱えた。

　目の前には、地鶏《じどり》の照り焼き、旬のタラのあら汁、カレイのお刺身、ほうれん草のチーズ焼きが並ぶ。それらには全く手がつけられていない。澄み切った大吟醸《だいぎんじょう》ばかりがグラスに穴があいているかというほどスイスイ減っていく。

　一葉がしょっちゅう来店するここ「南部《なんぶ》」は、バレンタイン商戦にわく菜園《さいえん》通りから路地を入ったところにあって、歩美とその夫が経営している小ぢんまりとした居酒屋だ。旬の新鮮な食材を、親しみやすい味つけで料理し、良心的な価格で提供しているのでいつも賑わっている。

　カウンターに滴《したた》りおちた醤油《しょうゆ》を、紙ナプキンで拭《ぬぐ》う。紙ナプキンの真ん中にはご機嫌な表情の柴犬のイラストが描かれ、それを囲むように丸い文字で「ワンちゃん同伴ＯＫ」と印刷されている。

　引き戸が開くたびに、冷たく乾いた風が吹き込んで足元を抜けていく。

「二月の盛岡《もりおか》って、案外雪が少ないんだね」

男性客二名が入ってきた。

「いや〜、でもさすが北国。半端ない寒さだなぁ」

頰骨《ほお》の辺りと鼻の頭が、その言を証明するかのように真っ赤になっている。

歩美が話を中断して、いらっしゃいませ空いてるお席にどうぞー、と張りのある声をかける。お客は四人がけのテーブル席に決めると、コートを脱いで壁にかかっているハンガーにそれをかけた。腰かけて、ひとりが手をこすり合わせ、もうひとりがメニューを開く。

湯がいた青菜を水にさらしながら、歩美が一葉に向き直って改めて呆《あき》れる。

「大体さ、あのチャラ男《お》のどこがよかったわけ」

「嫌なことはただの一度もなかった」

「はあ？　ここで飲んでもあんたばっかり払ってたじゃん。戸を一度でも開けてくれた？　スマホばっか見てるしさ。酔っ払いがあんたに絡んできた時、かばうでもなく自分が真っ先に逃げたじゃん。あれ見てうち、忠告したよね、もうやめなって。なのにあんたは」

「ううっ。その辺で勘弁して」

一葉はカウンターに突っ伏す。何も聞きたくない。インフルエンザに罹《かか》ったみたいに皮《ひ》膚《ふ》が敏感になっていて、すべてが針のように刺さってくる。

「私今、そよ風が吹いただけで崩れ去ると思う」

「崩れ去りなさいよ。そんで新しいあんたになりなさいよ」

「ひどいことといわれてるのか優しいことをいわれてるのか分かんないから今は、頭使わせるようなことというのやめて」

つむじに歩美のため息が落ちた。

今朝、つき合っていた彼・清水《しみず》から、デートのキャンセルのメールが携帯に入ったのである。

そこでなぜ、彼のマンションに行こうなんて無駄な行動力を発揮してしまったんだろう。自分でも分からないが、行ったら、清水と長い髪を明るい色に染めた見知らぬ若い女性が出てきたのである。手をつないで。

棒立ちになった一葉は、瞬時に事態を把握《はあく》した。気が遠くなりながらも、おろしたてのショートブーツでギュッと踏ん張って、清水に告げたのだ。

——さようなら——。

こうして見事に失恋したのである。

「あ〜あ。二股《また》かけさせた私が悪いんだ」

「そんな考えなんて便所に流してしまえ。どうあったって向こうが悪い」

「私、きっと一生誰からも愛されずに死んでいくんだ」

「初めての恋愛ってのは大概失敗するんだよ。なんだって初めては失敗して当たり前。次はいい男に出会うから」

歩美はそばでリズミカルにネギを切っている夫を振り向く。頭に藍《あい》染めの手ぬぐいをきりりと締め、浅黒い肌に引き締まった体をしている大柄な勇《いさむ》は、顔面はいかついがまなざしは優しい。

「一葉ちゃん、元気出しなよ。その男は、次にもっといい男に出会うための踏み台だったってだけの話なんだから。今フラれたのはよかったんだよ」

清水は、百瀬《ももせ》一葉二十七歳にして初めてできた彼氏だった。彼が営業で、一葉の勤め先の盛岡書店にやってきたのが知り合ったきっかけだった。

つき合って三か月もたなかった。いつから二股だったのか見当もつかない。

一葉はハンドタオルで乾いたままの目頭を押さえてみせる。

「清水さんの気持ちも分かるんだよ、きっと若い子のほうがいいもん」

相手の女性は見た感じ、二十歳《はたち》そこそこに見えた。

「誰だって歳《とし》は取るさ」

勇が低い声で慰める。

「そうなんですけど……。私、これから草葉の陰《かげ》で生きていきますから、応援してください」

「もちろ……」

「そんなナメクジみたいな女、応援したくないね」

歩美は勇の言にかぶせてバッサリ斬る。ハンドタオルを目から離した一葉は、ブラウスの胸元にシミがついているのに気がついた。

「ああ、おろしたてのやつに早速シミつけちゃった」

清水好みだと思って用意したものだ。

白だから目立つね、と歩美はいい、一葉は取れないかなこれ、とおしぼりでこすってみる。ちっとも取れない、取れる気配すらない。トホホ、と一葉は消沈し、歩美は一升瓶《いっしょうびん》の口をキュポッと開けるとカウンターの向こうから身を乗り出して、一葉の前の枡に入ったグラスに酒をだばだばと注いでいく。

「今日は奢《おご》るから好きなだけ食べて飲みな」

「ありがとう」

透明な液体が、蛍光灯の明かりを混ぜ込みながら勢いよくグラスを満たしていくのを見つめ、自分の中のグラスには、今どれくらいの生気が残っているのだろうと考えた。

せっかくの香り高い酒も、味がよく分からない。分かるのは、喉《のど》を伝うキレのよさのみだ。

背後で、客がどっと盛り上がり、その歓声に後頭部をど突かれる。

結婚するのー？　おめでとー！　皆さーん、この子結婚するそうでーす！

歓声と拍手が降り注ぐ。三つあるテーブル席は満席で、ひとつのテーブルに注目して手を叩いている。カウンターの五つの席には一葉以外にカップルが端に座っていた。彼らもまた笑顔を向けている。

カウンターに向き直っても、高潮のように押し寄せる祝う声に、目の前の料理はとても食べられる気分ではなかったが、親友が心配してくれているし、食べないと説教が加算されるばかりなので一葉は無理矢理口に運んだ。


日が変わった頃店を出ると、白無垢《しろむく》色した満月が昇っていた。昼間とは打って変わってひとの姿はまばら。固く締まった雪と静寂を乗せた街路樹が外灯に照らされている。凍《こご》える夜風が足に絡み、街路樹の間をすり抜けていった。

それほど酒に強いほうじゃなく、しかも空《す》きっ腹に入れたのに、全く酔わない。それどころか、頭の中は冴《さ》え渡っている。

足が痛い。

シャッターが下りた信用金庫の、レンガ造りの花壇に腰をおろして、先の尖ったショートブーツを脱ぐと、足がふっくらと膨らんだ気がした。

酔っ払いがふらふらと近づいてきた。ロングコートをただ羽織り、ウエストからシャツをだらしなくはみ出させている。焦点の合わない目で見おろしてくる。ふらぁっとこっちに傾いてきたところで、一葉はブーツを両手に引っかけたまま逃げだした。

冷たさが足の感覚を奪う。走れなくなって立ち止まり、ブーツを地面に置く。靴下は汚れてしまっていた。痛いと分かっている靴をはくのも辛いが、脱いだ後で再びはくのはもっと痛い。

つい、清水がここにいたら、と考えてしまう。いたとしても私を置いてさっさと行ったかな。でもひょっとしたら気の迷いか何かで、酔っ払いと私との間に腕を伸ばして、ガードしてくれたかもしれない。今更そんな期待をかけてしまう。

バッグの中で携帯が震えたような気がした。咄嗟《とっさ》に、清水だと思った。

あのね清水さん今ね、酔っ払いにね、と話したいことがどっと押し寄せてくる。

ストラップをハンドタオルや財布に引っかけながら、急いで出して確かめた。

青い光を放つ画面には、一葉と顔を寄せ合う清水の画像。

清水からの着信は一件も入ってなかった。どうやら震えたのは、携帯電話ではなく、自分自身だったようだ。

足の冷たさよりも、もっと冷たいものが胸から頭へと突き上げる。

自嘲《じちょう》の笑みが浮かぶ。

まいったなあ、私本当に好きだったんだなあ……。

南部から自宅アパートの万福荘《まんぷくそう》までは徒歩で十分。ビルが建ち並ぶ大通りから住宅街に入る。

赤ん坊のような猫の鳴き声が聞こえる。

二階建てで計四部屋ある築二十数年の白い小さなアパート。その一階西側の一〇一が、一葉の住まいである。部屋のそばに桜が一本植えられている。幹が太くて大きい。傘のようにアパートに向かって枝を張り出している。つぼみはまだ固く、まだまだ咲きそうにない。

東隣の部屋はしんとして真っ暗。二階も同じ。一葉以外の住人は転勤とか結婚とかで引っ越していった。新しい世界へ踏み出していったのだ。今となっては、響く足音や漏《も》れ聞こえるテレビの音が、万福荘に命を吹き込んでいたような気がする。

玄関ドアのノブを握った——冷たすぎやしないか。

ドア一枚向こうに、気配を感じる。ハッハッハと荒々しい息遣い。カリカリカリとドアの下のほうを引っかく音がして、次いで、キューンという鳴き声が聞こえてきた。

ドアを開けた。弾丸のように胸に飛び込んでくる犬。よろめく一葉。

「ただいま～、久《きゆう》ちゃあんんん」

ギュウッと抱きしめる。こたつの中の湯たんぽでしっかり暖を取っていたらしく、ホカホカだ。

久太郎《きゆうたろう》は喉の奥でカエルのような声を漏らして、いくら大好きな相手であっても絞め殺されては堪《たま》らないと、前足を一葉の胸に突っ張って身を反《そ》らせた。腕の力を弱めると、久太郎はしきり直すように一葉の顔を舐《な》める。

「ただ会っただけで、こんなに喜んでくれるんだなぁ。なんて純粋で綺麗《きれい》な心の子なんだろう」

誰にも愛されずに終わると思っていたが、少なくとも、博愛主義の久太郎には好かれているようだ。

久太郎は柴系の雑種で、中型犬より少し小さい。両前足の下半分が白いのが特徴。

床におろされた久太郎は、後ろ足でぴょんぴょん跳ね始めた。口を開けて満面の笑み。尻尾がプロペラのようにぶん回されている。もうちょっと頑張れば飛び立てるに違いない。

滑ってひっくり返った。が、そんなこともものともせず飛び起きて、何事もなかったかのように一葉に飛びつく。彼の、失敗してもテンションを落とさないところは人生の教訓に値《あたい》する。

ショートブーツを脱ぎ捨てて、キッチンに上がる。久太郎は一葉を見上げてついてくる。床を引っかく爪の音がチャッチャッと弾む。

リビングのヒーターをつける。部屋を素早く暖めるヒーターは、北国にはなくてはならない。それともうひとつ必須なのが、こたつ。今、こたつがけには小さなトンネルができている。久太郎が出てきた跡だ。日中、こたつをつけておくのは危険だし経済的にも痛いので、フェルトの袋に入れた湯たんぽを押し込んでいる。

久太郎を拾ってきた時も、キュンキュン鳴く久太郎に湯たんぽを用意したら、安心したように静かになって眠ってくれた。安らかな寝息を立てる犬を見て、生き物には、ぬくもりが必要なんだ、と思ったものだ。

一葉が腰をおろそうとしたところに、久太郎がテレビの前に転がっていたクッションをくわえて引きずってきた。

この子が人間だったらモテただろうなと感心し、クッションに座る。そのうち、帰ってくる時間を見計らって、部屋を暖めておいたり夕飯を作っておいてくれたり風呂を沸かしておいてくれたりするようになるかもしれない。

靴下を脱いでつま先をつかむ。

「あ〜、痛かった。冷たかった。寒かったよぉ」

昨日の時点では、今日、こんな気分に仕上がっていようとは夢にも思わなかった。

膝《ひざ》に額を押しつけてうぇ〜ん、と声を上げ嘘《うそ》泣きをして涙が出るのを待つ。ひどくショックなはずなのに、涙が出る気配はない。

久太郎が肩と頬の隙間《すきま》に鼻をぐいぐい差し込んでキュウキュウ鳴く。若い頃はちょっとしたことで涙が出たものだが、加齢によって体内の水分が枯れたのか。

馬鹿馬鹿《ばかばか》しくなって嘘泣きをやめた。

久太郎は鼻を引っこ抜いて尾を振り、一葉の正面に回って舌を出し、いいお顔をする。

一葉はその顔を真似て、そんな自分に少し笑ってしまう。

「はいはい。おやつがほしいんだね？」

ドライフードが残っている餌《えさ》ボウルを横目に、小さなキッチンへ行き、冷蔵庫を開ける。

そこには、野菜が切り口を黒ずませて冷やされていた。別れるしばらく前に清水のための料理に使ったものだ。

庫内灯に照らし出されたみじめったらしい野菜たち。自分の今の状況を暴かれたようで滅入ってくる。

久太郎が横から覗《のぞ》き込んできた。一葉がすることを自分も体験しないと気がすまないのだ。

昨日買っておいた胡瓜《きゅうり》を出すと、狂喜乱舞する。洗ってリビングの餌ボウルに一本のままゴロンと置くや否《いな》や、飛びついた。尾をブンブン絶好調で振り、一葉の脛《すね》を打つ。

一葉はしゃがんで久太郎から胡瓜を取り上げる。愛犬は胡瓜を目で追う。それから皿を見る。胡瓜と皿を交互に見て、やっと一葉が胡瓜を取ったのだと理解して、腰を据え直すと、さあこれは一体どういうことですか、という風に一葉をじっと見上げる。

「ごめんごめん、もうしない」

一葉が胡瓜を戻すと、久太郎は再び尾を振って食べていく。

「君は、奪われても怒らないんだねえ」

一葉は愛《いと》しい思いでその頭をなでた。

カーテンの隙間から差し込む朝日が、ちょうどまぶたを温めて一葉を起こす。

三月に入ったばかりの北東北は、まだ春未満なのだが、それでも日差しには春の兆《きざ》しがある。陽気で無邪気な光は、しかしながらフラれた——自分から別れを告げたとはいえフラれたのも同然の——身には、鬱陶《うっとう》しい限りである。

自分でもどうかと思うが、清水にフラれたショックが食欲もやる気も根こそぎ持っていってしまい、パンと牛乳だけとはいえ欠かさなかった朝食を摂《と》ることもなくなって半月以上たつ。

よく眠れないまま起床し洗面所を使い、久太郎の散歩をして、久太郎の餌を用意し、湯たんぽの湯を入れ替えこたつに入れ、出勤。勤め先の昼休みには、同僚たちの恋バナに笑顔でつき合いながら、プラスチックのような米粒が押し詰まった市販の弁当を無理矢理口にねじ込み、帰宅すれば久太郎の散歩に行き、久太郎にご飯を食べさせ、自分はマルチビタミン剤とブロック型の栄養補助食品を口にする。

そんな食生活のわりに、常に膨満感があった。ぼんやりした感覚がつきまとい、栄養補助食品と間違えて、清水からの連絡を待って手にしていた携帯電話をかじってしまったこともあった。

「夕飯」がすむと、入浴してベッドに横になる。

寝たのか寝ていないのか、あいまいなまま朝を迎える。

淡々と生きた。

部屋の窓越しに見える桜の芽は、緩んで丸みを帯びてきた。風も次第に暖かくなって、久太郎の湯たんぽは不要になった。

それでも自分は凍りついて、進めぬままだ。


三月中旬の土曜日。昼下がりにスーパーに向かった。求めるのが栄養補助食品だけならコンビニで結構なのだが、残念なことに愛犬御用達《ごようたし》の胡瓜も手に入れねばならない。

青果コーナー側から入店した一葉の前を、猛スピードで何かが横切った。

ギョッとして足を止める。

視線を向ければ、それは子ども用カートを押した四、五歳くらいの男の子。彼はどうしたことか、そのままの勢いで通路の真ん中に積んである春キャベツの山に突っ込んだ。運の悪いことに、キャベツはお客に思い思いに引き抜かれ、ところどころ危うい空洞ができていた。山は呆気《あつけ》なく崩れる。

子どもは呆然《ぼうぜん》と、足元に散らばった自分の頭よりでかいキャベツを見おろした。

一葉は周囲を見回した。親の姿はない。周りの客は顔をしかめて一瞥《いちべつ》する。ちょっとヤダ、崩したわけ。最悪、などと文句も吐く。が、誰も行動しない。男の子は身を縮め真っ赤になって立ち尽くしている。

「大丈夫?」

一葉が声をかけると、彼はビクリと身を硬くし、怯《おび》えと緊張の混じった顔で一葉を睨《にら》み上げた。ヒリヒリした彼の痛みが、皮膚から伝わってくる。

一葉はハッとした。かつて清水とともに今のような場面に出くわしたことがあったのを思い出した。明らかに困っているひとがいたのに、面倒事や他人に時間を割くのを嫌った清水を不機嫌にさせたくなくて手伝えなかった。

でももう彼はいない。私はひとりで、そして自由だ。

あの時、もし次に同じ状況に立ち会ったらこうしようと決めたのだった。

「ゲームしない？」

そう提案すると、男の子の顔つきが変わった。一葉は胸の中でよしっと拳《こぶし》を握る。

「何分でキャベツを台に戻せるか。早ければ早いほどキャベツは悪魔の実には変わらないよ」

「遅いと悪魔の実になるの？」

「そう」

「よしやろう！」

「よーいドンッ」

男の子は素早くしゃがんでキャベツを抱えるとせっせと台に乗せ始めた。一葉はそれを重ねてしっかりした山にしていく。

「手伝いますよ」

空のカゴが傍《かたわ》らの床に置かれた。顔を向けると、若い男性が転がっているキャベツを拾い上げたところだった。白シャツに紺《こん》色のパーカーを着て、明るいベージュ色の細いチノパンをはいている。大学生か高校生くらいだろうか。

「すみません、ありがとうございます」

男性に告げた時、

「何してるの！」

甲高い声が響いた。通路の先で、精肉コーナーを背にした女性がカートに手をかけ仁王《におう》立ちしている。

「そんなのに関わってないで早く来なさい」

男の子は眉尻をげっそりと下げて一葉を見た。一葉は頷《うなず》く。男の子は慌《あわ》ててカートを押して走っていった。

入れ違いに、三角巾で頭を覆《おお》った女性店員が駆けつけてきた。転がっているキャベツを見回して余計な仕事を増やしてくれたとばかりに顔をしかめる。

数分後、三人で積み上げ終えると、店員がキャベツを取り上げ、これ見よがしに傷を検《あらた》め始めた。

一葉は彼女の手から受け取って、自分のカゴに入れると、過去に決めたことを思い起こして、ひりつく気持ちに幕を張るように微笑《ほほえ》みを作った。

「瑞々《みずみず》しいキャベツですね。このお店は目利きがいらっしゃるようで、いつも安心して買い物ができます」

店員の眉間《みけん》のしわが解けた。一葉は笑顔を貼りつけたまま淡々と続ける。

「ただ、ほんの少しだけディスプレイを工夫していただければ、私みたいなおっちょこちょいなお客さんも伸び伸びと買い物を楽しめると思いますが、どうでしょうか」

もうひとつに両手を伸ばした時、「オレもいただきます」と、それを男性が手に取った。

店員の雰囲気と状況と、過去から持ち越した感情で強張《こわば》っていた一葉は、「今この状況に置かれているのは、私ひとりじゃないんだ」と気づいて、気持ちがわずかばかり穏やかになってきた。

気づくと、店員が男性に述べた「お買い上げありがとうございます」という礼を自分も復唱していた。店員が珍妙な生き物を見るような目で一葉を見る。男性が噴き出した。

店員がビニールの暖簾《のれん》が揺れる両開きの扉の奥へ消えると、一葉は再度、男性に頭を下げた。

「お手伝いいただきまして、どうもありがとうございました」

「どういたしまして。駐車場から、男の子が突っ込んだのが見えたんです」

男性が、見事だったなあコントみたいだった、と目尻にしわを集める。奥二重の目、すっと鼻筋が通り、薄めの唇は口角がキュッと上がっている。全体的に品がある顔立ちをしていた。こげ茶色の髪は光の加減で赤銅《しゃくどう》色に変わり、それがきめ細かい肌に似合っている。

「崩したのはあなたじゃなかったんですから、店員にその旨《むね》話せばよかったのに」

「いやいやいや」

一葉は笑顔を崩さないように気をつけながら、顔の前で手を振る。

「話したところで、キャベツの山が崩れた事実も、店員さんの気分もそう変わるものじゃないでしょうから」

あなた方が丹精《たんせい》込めて積み上げたキャベツの山に突っ込んで、ほれぼれするほど見事な大惨事《さんじ》を起こしたのは私ではなく小さな男の子です、と釈明したところで、何がどう変わるというのか。第二第三の惨事がなくなるわけではない。ならば話したところで時間と精神力の無駄だ。特に今、これ以上精神力を減らされるのは死活問題である。

彼の形のいい眉が上がる。面白いものを掘り当てたようなキラキラした目で一葉をじっと見つめた。

一葉は自分の顔に触れる。その仕草で男性は我に返ったように瞬《またた》きした。すみません、と謝って、

「ご自身のじゃなく、店員さんの気持ち、ですか……。でもあの調子じゃ、店員はあなたが崩したと誤解してますよ。気分悪くないですか」

と尋《たず》ねてくる。気分の悪さなら、清水の件からブッ通しで続いている。

「この程度のことはさしたる問題ではないですよ」

そう答えると、男性は首をひねった。そうですか？　という言葉に、完全には飲み込めていない気持ちと、どこか好奇心のようなものがにじんでいる。

「……それにあなたが積まなくても、店員を呼べばよかったんじゃないですか？」

嫌味でもなさそうな感じでそう提案された。ここで見知らぬ女と議論を戦わせたいわけではないらしく、その理由を心底知りたがっているような真っ直ぐなまなざしを向けてくる。

一葉は重たいカゴを持ち替えた。春キャベツとはいえ、ずっと持っていると重たくなってくる。

「いえ、これはもう単に私がやりたかったというだけです。でも、今度ああいう子を見かけたら、怪我をしてほしくないので声くらいはかけるようにします。なんにせよ、こうし

ようとイメージしていたことをできてよかったです」

自分の言葉が耳に入ると、貼りつけた笑みが剥がれ、一葉は自然と頬を緩ませることができた。思いがけず一歩進めた気がする。

男性が一葉を凝視する。

一葉はまた頬をこする。

「あの何かついてますか……？」

そっと窺《うかが》うと、彼はハッと息を飲む。

「ああ、すみません。何もついてません」

男性は首の後ろに手を引っかけ、目元を緩めた。

一葉は笑顔で一礼して男性から離れ、胡瓜を数本カゴに入れると店の奥へ進む。男性の視線を感じるような気がして少し背筋が伸びた。

精肉コーナーの前を通りかかった時、ベーコンが目に入った。清水のためにキャベツとベーコンのポトフを作ってみたら、口にした彼は「ぼんやりしてよく分からないんだけど何味？」とガチ聞きしてくれたものだ。

横の通路には、コンソメやブイヨンが陳列されている。料理が得意であると見せるために、わざわざこういったものをよく分からないまま鍋にぶち込んでいた。

思い出の棚に背を向けて、今はお馴染《なじ》みになった別の通路に入る。黄色いパッケージの栄養補助食品を、業者の仕入れかというほどごっそりとカゴに取る。もうロットでほしい。ネット購入を検討したこともあったが、近頃、宅配業者さんがてんてこまいだと知ってからは、できるだけ自分の足を使うのを心がけるようになったのだ。

レジのひとが「こちらすべて同じ味になりますがよろしいでしょうか」と確認してくれた。はい、と笑顔で答える。同じ味だろうと違う味だろうと、味わっているわけではないのでなんだっていい。

帰り道、筋トレになるのじゃなかろうか、とキャベツの入ったエコバッグを引っかけた腕を曲げたり伸ばしたりしてみる。たちまち疲れてやめた。今まではこれくらいの重さなんてへっちゃらだった。職場でも本を山のように抱えて階段を上りおりしていたのだ。ところがここ最近は、ちまちまと少しずつ運んでいる始末。

キャベツが丸々ひと玉あっても食べきれるものじゃないから「そうだ南部行こう!」と思いついた。遠回りし、仕込み中の歩美に事情を説明したところ「仕入れたばっかりだからいらない」とあっさりと断られる。

「はっきり断る歩美が好き」

「ごめん、気持ちはありがたいけど夫がいるから」

大根を切る手を腰に当てて、歩美は一葉を正視すると、顔を曇《くも》らせる。

「つか、ひとにあげる前に、ちゃんと食べてるの？」

「食べてるよ、『五大栄養素を手軽においしく摂れるバランス栄養食』」

「じゃあなんでそんな顔色なのよ。なんでそんなに痩《や》せてんのよ。なんでそんなに不細工なのよ。あんたそのままいくと死ぬからね」

「ぶさ……ダイエット中ってことですべて収めてよ」

「気晴らしに旅行とかすれば？　いい出会いがあるかもしれない」

「出会いはもういいよ。私、久ちゃんと生きるから」

「うーわー、いっちゃっちゃったかそれ。とにかく、孤独死の果てにうちに連絡来るのだけは勘弁してよ」

一葉が噴き出すと、笑いごとじゃないよっと歩美はむくれる。本気で心配してくれているのが申し訳ないやらありがたいやら。

歩美がふと、眉の間のしわを消して、一葉の顔を覗き込んだ。

「少し明るくなってきた？」

「え？」

「顔つき」

「美人？」

「雰囲気だけなんとな～く。綺麗になったかな」

「雰囲気だけかあ」

「それ大事よ。いいことあった？」

「うん。前よりちょっと進めた気がする出来事が、ついさっきあった」

そ、よかった、と親友はそのまま前進せよ、というように一葉の肩を叩いた。

万福荘に帰ってくると、駐車場に見慣れない空色のコンパクトカーが停まっていた。

一葉の隣の、一〇二のドアを長身の男性がちょうど開けたところだ。日が当たる頭が赤銅色に見える。

お隣さん、今日入居したんだ……。

挨拶《あいさつ》しようと近づくと、足音が聞こえたらしく、男性が振り向いた。

「あ」

ふたりの声が揃《そろ》う。

「さっきのスーパーの……」

相手の奥二重の目が柔らかく細められた。

「お隣さんだったんですか。結構な偶然ですね。オレ、今日からここにお世話になる 柊《ひいらぎ》爽太《そうた》といいます。よろしくお願いします」

店でもそうだったが、ハキハキ発音するひとだ。手を差し出された。スラリとした長い指。

「これはご丁寧に。百瀬一葉と申します。こちらこそ、よろしくお願いいたします。先ほどはありがとうございました」

一葉はその手を取る。温かくて乾いた大きな手だ。ひしっと握られた。

「いえ、こちらこそです。久しぶりに和《なご》みました」

「和み？　崩したキャベツを積み上げるのがですか？」

変わったひとだなあと思っていると、

「いえ、それ以外で」

と柊は透き通った笑顔を見せる。

一葉は握手を解いて、生成《きな》り色の丈夫そうなエコバッグから覗いているキャベツを手のひらで指す。

「すみません、キャベツを買わせてしまって」

「いえ、ちょうど必要だったんで。百瀬さんこそ使い切れますか」

「それが、私あまり料理が得意じゃなくて、使い道もそれほど思いつきません」

ははは、と笑ってみた。清水とつき合っている時だったらなんとかして使い切ろうとしたはずだ。少なくとも使えるところを見せようと頑張ったはずだ。料理が不得意であることを隠そうと努力した。今なら、努力する方向が違うと分かるのに、当時は分からなかった。そしてただひたすら見当違いな努力を続けて、勝手に疲弊していったのである。

今はもうそんな風に、的外れの努力でごまかすことに躍起《やっき》になったり、気を張ったりしなくてもいい。自由に緩く本来の自分のままでいていい。そして、そういう方向に意識のベクトルが向かうことが解放感とともに、寂寥《せきりょう》感も連れてくる。

「オレだったら、あっという間に使い切っちゃいますよ。火を通すと、かさが減るので、特に煮ると結構食べられますし、栄養も余さず摂れます」

「煮る……ポトフとか」

うっかり口に出して、一葉はかすかに眉を寄せた。

胸に広がった雲を追い払うように、

「じゃああのこれ。ぜひ使ってください」

エコバッグをおろして、キャベツを取り出す。同時に大量の黄色い小箱が引きずり出されてバラまかれた。

すべて栄養補助食品だ。

「あらら、すみません」

柊にキャベツをほとんど押しつける形で渡してから、かき集め始める。何やってんだ私。

「大丈夫ですか」

柊はすっとしゃがむと、ごく当たり前のように手伝ってくれた。

「重ね重ねすみません」

「いえ」

驚いてはいるだろうが、声音《こわね》は落ち着いて穏やかなままなのが救いだ。彼はひとつひとつ、ささっと小箱の表面を払ってエコバッグに入れてくれた。

キャベツひとつ分軽くなったエコバッグを部屋に運び入れて、たたきに散らばるＤＭなどを拾って久太郎に渡す。久太郎はそれをくわえ、いそいそとリビングのローテーブルへ運んだ。役に立っているのが誇らしいのか、尻尾のキレがいい。

部屋着に着替えて久太郎に胡瓜を与える。リビングに移動してテレビをつけ、ニュースを映し、自分よりずっと大変な目に遭ってるひとたちをしばらく見る。他人と比べて自分の痛みはさほどではないと思っても、痛みが和《やわ》らぐことはないらしい。

窓から入る西日が、ゆっくりと床を移動していく。

胡瓜を食べ終えた久太郎がテレビの横に置いている水を飲む。その先のキッチンの調理台に置きっぱなしだったエコバッグが目に入った。ああそういえば残りの胡瓜をしまわなくちゃ。

一葉は立ち上がってキッチンへ行き、冷蔵庫の野菜室を開けた。

傷《いた》んだ野菜はそのままである。処分しなくちゃと思っているのにできない。シミをつけたブラウスも、捨てるかクリーニングに出すか迷っていてそのまま放置しているし、携帯電話の中にある清水の画像だって未処分。

久太郎に腕をつつかれて我に返ると、インターホンが響いていた。

頭を振って落ち込んだ気分を追い払い、ろくでもない状態となった野菜のことは見なかったことにして、胡瓜を収めて野菜室を閉めた。

集金だろうと宅配業者だろうと宗教勧誘だろうと、愛想よく迎えるのをモットーとする久太郎がすぐそばの玄関ドアに向き合う。

久太郎が飛びつかないよう、折りたたんで壁に寄せていた腰丈の犬猫脱出防止の柵を引き出してからドアを開けると、柊が夕焼けを背に立っていた。

「いきなりですみません。あのこれよかったら、と思って」

差し出されたのはふたつきの白磁のスープボウル。コロンと丸くて両手に収まりがいい。

ふたの隙間から鼻腔《びこう》をくすぐるコンソメの香りが漏れてくる。

柊は天真爛漫《てんしんらんまん》な笑顔のままいった。

「キャベツのポトフです。いただいたお礼に、おすそ分けさせてください」

ポトフ、と一葉は笑みを固定したまま、料理名をなぞる。

久太郎が柵につかまって吠《ほ》えた。柵が少し動く。柊がギョッとした顔で一葉の背後を見やり後ずさった。

「い、犬、ですか」

柊は久太郎に視線を据えたまま喉仏を上下させる。

「ここって、ペットOKでしたっけ」

一葉は久太郎に静かにするよう注意すると、柊に向き直った。

「いえ。禁止でしたが、大家さんを説得しました。『かもめの玉子』と『岩谷堂羊羹《いわやどうようかん》』が好物でらっしゃるので」

「献上したと」

久太郎は、舌を出して前足を柵に引っかけぴょんぴょん跳ねている。

「お、怒ってるんでしょうか」

柊が目の下を引きつらせ、久太郎から目を離さずに尋ねる。ちょっとでも目を離したらたちどころに襲ってくるものと警戒しているようだ。

「いえ喜んでるんです」

ワン！

柊は一葉の陰に隠れる。

「ほ、吠えました」

「喜んでるんです」

ワン！

「犬、苦手ですか？」

「え。ええ」

「それはすみません」

一葉は謝ってからお願いモードに入る。

「あの、できるだけ静かにさせますし、においとか毛とかに注意しますからどうか見逃してやってくれませんか」

「見逃すも何も。大家さんが許可されてるのならオレがどうのこうのいう立場にはありませんし、それに、隣に住まわせてもらっていたら、苦手じゃなくなるかもしれません」

「よかった……。前向きな正論ですね。学校の先生みたいです」

「一応、新年度から中津《なかつ》高校に勤めさせていただきます」

多少なりとも矜持《きょうじ》を取り戻したのか、柊が胸を張る。一葉は目を丸くした。

「え、先生だったんですか。てっきり学生さんかと思ってました」

「卒業して二年です」

一葉はスープボウルを見おろして視線を上げた。

「料理がお得意で先生っていったら、じゃあ、もしかしてご担当は家庭科ですか？」

「そうです」

柊は、料理ならお教えできますから、何かあったら声をかけてください、という。料理にさほど興味を持っていない一葉は社交辞令として、ぜひご教示お願いします、と頼んだ。

「じゃあオレはこれで」

「おすそ分け、ありがとうございます」

隣の部屋へ引き上げる柊の背中に頭を下げて、ドアを閉める。

調理台にスープボウルを置いてふたを取った。

湯気の中から現れたのは、黄金色の澄んだスープに沈むキャベツなどの野菜とベーコン。コンソメと黒コショウが香る。キャベツの鮮やかな緑と、ベーコンの優しい桃色が、蛍光灯の明かりをキラキラと反射させていた。

うむ、嘘偽《いつわ》りなきポトフ。まごうかたなき立派なポトフ。

食欲はない。というか、食欲云々《うんぬん》の前にポトフはダメだ。清水に作った最後の料理だから、ポトフは彼を思い出させるのだ。食欲が失せているところに持ってきて、胃が目いっぱい水を吸った土嚢《どのう》のように重たくなる。

食べずとも、差し入れてくれた彼の気持ちに感謝しよう。おいしかったと感想とともにボウルを返そう。

ボウルを流しに傾けたところで、清水の顔が消えて、代わりに柊の笑顔がよぎった。手が止まる。手のひらへの当たりが優しいぽってりと丸いボウル。それを通して、スープが手のひらを温めている。

捨てたら、このぬくもりもあのキラキラした笑顔も裏切るような気がした。食べずとも彼の知るところではないのは分かっていても、それでも彼を傷つけてしまいそうな気がする。

いいひとじゃないか。澄んだ温かな笑顔をして、親切で。あんなひとを傷つけていいのか。

器《うつわ》の角度が水平に戻っていく。揺れるスープの表面で、澄んだ脂《あぶら》が煌《きら》めく。

リビングのローテーブルに運んだところで、スプーンを持ってくるのを忘れたことに気づいた。それが、一葉の胸の底にこつん、と落ちる。

そうか、私は食事に道具が必要だってことを忘れてたんだ。

シンクの引き出しを開けると、ペアのスプーンがあった。区別はつけていないが一本は清水が使っていた。すり減るほどピカピカに磨き上げていたそれは今や曇っている。

小さくため息をついて一本取る。カチリ、とスプーン同士がぶつかる音は、傍らに彼がいない空間を浮き上がらせた。

わずかながらも前進したはずなのに、また引き戻されそうになって、一葉は素早く引き出しを閉め、リビングに戻り、改めてポトフと向き合った。

「いただきます」

手を合わせずにいられない。食事に手を合わせたのも久しぶりだ。

口に運んで瞠目《どうもく》する。

キャベツは柔らかくて甘い。ベーコンの旨味《うまみ》がしっかり利いている。コンソメの加減はちょうどよく、黒コショウが食欲を誘って全体の味をキュッと締めて、胃にスムーズに染み渡っていく。

「……優しいなあ」

ひと口食べたら、急激にお腹《なか》が空いてきた。そうそう、空腹感ってこんな感覚だった。

ひと口ごとに、ジリジリ、と胸が炙《あぶ》られるように痛みだす。

涙が落ちた。意外だった。今？　と思う。フラれてから初めて泣くの、ここ？　手の甲で拭う。薄っぺらくなった手の甲では間に合わず、とうとう伝い落ちる。ハンドタオルで目を拭う。

久太郎が切なげに鼻を鳴らして一葉を覗き込む。一葉は大丈夫だよ、と情の深い愛犬の頭をなでた。

涙を拭って、洟《はな》を押さえて、スープを啜《すす》るというのをひたすら繰り返す。年下の彼氏に二股かけられて泣きながらポトフを食べているこの状況が、だんだんと滑稽《こっけい》に思えてきてちょっと笑った。

食べ終わる頃には落ち着きを取り戻していた。お腹がポカポカしている。そのぬくもりが全身に広がっていた。

ボウルだけを返すのもなんなので、何かお礼をと見回したが、栄養補助食品くらいしかない。

「今回はお礼を先に伝えて、お返しは後にしよう」

そう決めて、隣を訪問した。

ボウルを受け取った柊は、一葉を見て一瞬戸惑った顔をした。

「大大丈夫ですか、何かありましたか」

「え。何がでしょう」

「いやその」

　彼がこちらの顔を覗いていることに気がついて、自分の目が赤くなっていることを察し笑う。

「あまりにおいしくて泣けてきたんですよ」

　一葉の方便に、柊は気を遣ったささやかな笑みを浮かべた。

「ごちそうさまでした。満足感でいっぱいです。とても、癒《いや》されました」

「それはよかった」

　ポトフの感想には一転して満面の笑み。ポトフを捨てなかった私万歳、とスーパーでの一件に続き、自分を肯定し、称賛することができた。

「オレ、作ったものを食べてもらえるのがすごく好きなんです。それが過ぎてウザがられもするんですが。趣味につき合わせてしまって、すみません」

「いえいえ。私も久しぶりに、まともな食事を味わわせていただきました」

　ぺこぺことお互い頭を下げ合い、一葉はそうやっている自分たちに気づいて笑った。

「ポトフって時間がかかるイメージですが」

「圧力鍋を使ったので短時間でできるんです」

「へえ。圧力鍋……」

「実家が洋食屋をやっていて、よく使ってました。煮込み時間だけなら二十分かかりません」

なるほど、と頷いた時、ポケットで携帯電話がメールの着信を伝えた。一葉はハッとして確認する。

広告のメールだ。がっかりしてつい、ため息をついてしまう。着信があれば、条件反射で清水だと期待してしまう自分にうんざりし、惨《みじ》めさが募る。

「大丈夫ですか？　何か大事な連絡待ってるんですか？」

聞かれて、一葉は顔を上げた。

ええ、別れたひとからの連絡を——。

まともに柊と目が合う。彼の目は澄み切っていて、少し鋭い。

柊は一葉の腫《は》れた目を見つめ、そのまま携帯電話に視線を移した。

一葉は握りしめた携帯を見おろす。気持ちがサワサワしている。

ふいに、背後からタッタッタと音が迫ってきた。振り向くと久太郎だ。え、どうして、と思う端から、開いているドアが目に入った。ちゃんと閉めていなかったらしい。

　久太郎は一葉の足元をすり抜けて柊にすっ飛んでいった。柊が悲鳴を上げて後ろに倒れそうになる。一葉は反射的に柊の袖《そで》をつかんだものの、堪《こら》えきれずに前のめりに撃沈した。膝を地面にしたたかに打つ。

　久太郎の躍起になって吠える声がぐるぐると周りを駆けている。

　一葉が顔を上げると、柊の喉仏が目の前にあった。尖った顎《あご》が額の真上にあり、柊が見おろしていた。尻もちをついた柊は後ろに手をついて体を支えており、その彼に一葉が抱きつく形になっている。

「すみません」

　一葉は素早く離れる。

「お怪我はないですか」

「え、ええ」

「わざとじゃありません、不可抗力です事故です」

　痴漢《ちかん》のような弁明をしながら、立ち上がらせようと手を差し出した。柊がその手をつかもうとした時、久太郎が再び柊に挑んだ。柊が悲鳴を上げる。一葉は柊に差し伸べた手で久太郎をかっさらった。

「久太郎ダメッ」

呼び方が『久ちゃん』じゃなかったことに、久太郎は本気で叱られていると分かったらしく、首をすくめる。

「柊先生、申し訳ありません」

「は、はい」

すぐに逃げ出すかと思いきや、柊は立ち上がって一葉の腕の中の久太郎から一歩だけ離れる。

「すみません、いつもは愛想のいい子なんですが。やきもちかな」

柊が、虚を衝《つ》かれたかのような顔をした。

その表情に一葉は、柊の気に障《さわ》るようなことをいってしまったのかと思って「久ちゃんは私が誰かと話したりしてると、やきもちを焼くんです」と説明を加える。

「相手が宅配のひととか、ちょっとしたやり取りなら焼かないんですが」

清水が来た時もやきもちを焼いて大変だった。

柊は口元をその大きな手の甲で押さえ、「あそういうことですか」と、ふうと肩をおろして、納得したように頷いた。手で隠れていない部分が、ほのかに色づいている、ように一葉には見える。光の加減かもしれないが。

柊が、ちょっとびっくりした、と呟《つぶや》いたので、はい？　と聞き返すと、慌てた風に「なんでもありません」と彼は深呼吸して、はは、と笑い手をおろした。

「久太郎君はどういった経緯で飼うことになったんですか」

「五年前ですかね、仕事帰りに、あ私、『盛岡書店』という店に勤めてるんですが、その帰り道の飲食店街の路地にいたんですよ。この子一匹だけ」

一葉は久太郎の頭に顎を乗せる。

「ポリバケツのそばに落ちてた砂まみれの胡瓜を、必死にかじっていました」

「それで『きゅう太郎』なんですね」

「そうです。犬なのに胡瓜なんて食べられるんだ、と意表を突かれました。それはともかく、首輪はなくて飼い主の手がかりはありませんでした。すでに子犬ではなかったんですが、いくらか弱い子犬ではないとはいえ、痩せて毛並みも悪かったですし、このまま路上をさまよう生活が続けば、死んじゃうなって思ったんです。この子もそれを分かってるんだろうなって。それでも落ちている胡瓜を食べてまで生きることを諦《あきら》めてないんだって」

久太郎を抱き直す。拾った時のあの儚《はかな》い軽さを一葉は覚えている。だからこそ、腕にかかる中身がしっかり詰まった重さが愛おしい。

柊が久太郎に静かなまなざしを向ける。

「私、尊さと何か畏《おそ》れのような気持ちがわいてきたんです。この子は私に気づくと、懐かしい友だちみたいな優しい目をしました。その目を見たら、よーし私がこの子を守るんだって決意してました」

保健所や警察に届けるという選択肢は、不思議と思いつかなかったんですよねえ……とつけ加える。

久太郎は自分が話題になっているのが分かるようで、耳を立てた。その耳に鼻をくすぐられ、一葉がくしゃみをすると、久太郎は顔を傾けて一葉を黒真珠のような目で見上げる。

そんな久太郎から視線を上げた柊に、一葉がニコリとすると、硬かった柊の表情がふっとほぐれた。


柊が、食べさせるのが好きというのは本当のようで、授業のリハーサルで作りすぎたんですが、よろしかったらどうぞ、とおすそ分けされた。

一葉は感謝に続けて「いただきっぱなしじゃ悪いので」とこれ以降を遠慮するほうへ話を向けたが。

「お返しなんていらないです。召し上がっていただければ助かります」

彼はあっけらかんといってから、すぐに、

「もしかして迷惑でした？」

と、分かりやすく沈んだ表情になったので、以来、時々届くおすそ分けを断っていない。

一葉は栄養補助食品だけの時より、歩美に「最近、顔色と肉づきがよくなってきた」と豚の仲買人が鑑定するような褒められ方をした。

※　※　※　※

二月の凍《い》てついた風が吹く中、一葉は清水のマンションへ向かった。

エントランス前に立った時、大きな自動ドアが開いて、楽し気に語らいながら、清水と女性が手をつないで出てきた。

一葉はそこに棒立ちになる。

清水は一葉に気づくと、マンガみたいに固まった。目なんて後頭部をどつかれでもしたかのように、ちょっと飛び出てすらいる。

一緒にいる女性は二十代前半に見えた。明るい髪色で、ロングブーツをはき、アラサーの自分には厳しい膝上丈のスカートが似合っていた。彼女は、血相を変えた清水を見上げて一葉に視線を向け、濡《ぬ》れたような真っ赤な口の端を引き上げた。

どこかで太鼓《たいこ》が滅多打ちされている――。

女性が「誰」と清水に聞いた。清水の答えを聞くのが怖くて、一葉は彼より先に告げた

──。

さようなら。

※　※　※　※

「わあっ！」

悲鳴を上げて、一葉は肘を壁に嫌というほどぶつけた。飛び起きたところに久太郎がすっ飛んできて一葉の顔を覗き込む。

脈打つように痛む肘を押さえて周りを見回せば、明かりの消えた自分の部屋である。清水のマンションではない。

カーテンの隙間から月光が射し、零時《れい》を回った時計を青白く照らしていた。

秒針の倍の速さで滅多打ちされていた太鼓の音は、自分の鼓動だと分かり、ひどい疲労感に襲われる。脈打つ頭を震える手で抱えた。

インターホンが鳴った。

ギクッと身をすくめる。こんな時間に、誰。

息を詰めて固まってドアを凝視していると、声が聞こえた。

百瀬さーん大丈夫ですか？　どうしました、何かありましたか？　百瀬さーん。

柊の声だ。久太郎が吠えながら走っていき、玄関ドアにビタンと体当たりした。柊の声がふつりと絶える。

一葉は急いで玄関へ向かう。玄関灯をつけ、柵を引き出して久太郎が飛び出さないようにした。震える息を整えながら髪の毛をさっとなでつけ、玄関ドアを開ける。

白い息を上げて、強張った顔の柊が立っていた。抜けるような青白い顔をしている。

「大丈夫ですか。壁に何かぶつかったような音が響いたので何かあったんじゃないかと」

「大丈夫です。お騒がせしてしまってすみません。おやすみになってましたよね」

「起きてました。新しい学校の準備をしていたので」

「それならよかった……あ、よくないですね。お疲れ様です」

柊の足元は裸足《はだし》にサンダルだった。グレーのスウェットから覗く健やかなくるぶしが深い影を作っている。三月といえど、朝晩は息が白くなるほど気温が下がる。寒いところ、わざわざ外に出てきてくれたのだ。なんて厚情なひとだろう。

「何もなかったんだったらいいんです。お邪魔しました」

「あ先生、ちょっと待ってください」

踵《きびす》を返した彼を引き留めて、一葉は一旦《いったん》部屋に戻り、栄養補助食品をひと箱取ってきた。

「これお夜食にどうぞ」

玄関灯に照らされたパッケージは、甘いはちみつ色に見える。

柊は長いまつ毛の目を伏せて小箱を見おろした。

一葉の胸に一抹《いちまつ》の不安がにじむ。料理の得意な家庭科教師にこういうものはご法度《はっと》だっただろうか。引っ込めようとした時、柊が小箱に手を伸ばした。

「いただきます。ありがとうございます」

両手で握ってにっこりとした。女子か、と口に出しそうになるほど愛らしく、また素直な笑みである。白く上がる息が、月明かりと混ざって彼を幻想的に彩っていた。

柊が部屋に入ってからドアを閉めるつもりでいたのだが、相手はその場に立って「寒いので、どうぞもう入ってください」という。

「……すみません。おやすみなさい」

会釈《えしゃく》をしてドアを閉めた。

ベッドに座って壁に背中を預ける。顔を手のひらで覆い、重いため息をついた。

まさかあんな夢を見るとは。いや。夢じゃない。全部実際に起こったことだ。

引きずってるねえ——。少し巻き舌の歩美の声でそう聞こえた。

ほんとだ。二十七歳の失恋はかなり面倒くさいもんだ。でも、シャンッとしなきゃ、乗り越えなきゃ。

そばに来た久太郎を抱きしめる。久太郎が大あくびをする。

そういえば。

壁に後頭部をつけたまま振り仰ぐ。

この壁は、お隣さんと共有なんだな。温かいような気がする。ほっと息を吐いた。


翌日。

仕事帰り、スーパーに寄った一葉は、ショッピングカートの横に積み重ねられている赤いカゴを手にした。

特売品を知らせるマイクパフォーマンスが店内のBGMに重なって響いている。

あのキャベツ崩しの件からすぐにディスプレイ方法は変わった。通路に置かれた台は目立つ黄色で塗られ、柵がつき、高さを抑えて積んである。

勇気を出していってよかった。これで、二次三次の「大惨事」がなくなると思うとホッとする。大げさにいうと、長きにわたって課せられていたノルマを達成したような気分だ。

柊の姿は、ひとごみの中にあってもすぐに分かった。背筋を真っ直ぐに伸ばし、野菜に静謐《せいひつ》なまなざしを注いでいる。

一葉は、ネットで検索した食材メモを見て、ジャガイモが柊のそばにあることを確認すると、近づいて声をかけた。振り向いた彼はわずかに目を見開いた後、いつもの笑みを見せた。

「昨夜はお騒がせしてすみませんでした」

「いえ、気にしないでください」

柊は少しいいよどんで、

「あれからちゃんと寝れました？」

と気遣う。一葉は赤くなってこめかみをかいた。

「お恥ずかしい。おかげさまでちゃんと寝れました」

まんじりともしなかったが、正直に口に出すほどの馬鹿でもない。

「学校の準備は終わりましたか？」

「ええ」

「それはよかった。お疲れ様でした」

一葉は乾いた土の色をしたジャガイモに手を伸ばす。柊が意外そうな顔をした。

「何を作るんですか？」

「ポトフです。リベンジなんです」

昨夜の夢は、もうケリをつけようじゃないかという無意識からの最後通牒《つうちょう》だったのだろう。

「リベンジ……」

柊が一葉に焦点を結んだ目をわずかに細めたが、深くは尋ねず、ひと呼吸の間の後でジャガイモの山へ顔を戻した。

「ポトフならこっちの――皮に緑色の部分がなくて、滑らかなものが合いますよ」

メークインを渡される。久しぶりの胡瓜以外の野菜の手触りだ。淡いベージュに、ほんのり黄緑色が差している。土の香りがする。

「土と太陽と水と肥料だけでしっかりした野菜になるんですねえ。すごいですよね」

柊はセロリを手に取って色や形、つや、香りを確かめ吟味《ぎんみ》する。

「ちゃんと食べて、しっかり布団で寝て、朝になったら太陽を浴びる。そうすれば、当たり前に生きていけます」

「ひとも同じです」

柊は選んでカゴに入れた。

柊と別れて一葉はメモの商品を集めた。

別々に買い物をしていたのだが、精算を終えたのはふたり同時だった。

並んで袋詰めをしていた柊が、手を止め、一葉を振り向き、少し逡巡《しゅんじゅん》する間を置いたのちに申し出た。

「オレの作り方でよければ教えましょうか、ポトフ」

えっと、一葉は顔を輝かせた。

「ほんとですか。ぜひとも。ごちそうになったポトフ、ほんとにおいしかったですもん」

あの差し入れのようなおいしいものを自分でも作れるかもしれないと希望を持ったら、久しぶりに高揚感が出てきた。

柊は当然のように、詰め終わった一葉のエコバッグも手にした。

一葉は反射的にエコバッグの持ち手をつかんだ。

柊がキョトンとして一葉を見おろしていった。

「あ、すみません勝手に。癖で……でも、持ちますよ？」

「いいです、結構です。柊先生だってお荷物あるんですから」

「オレのは荷物にもなりませんよ」

清水と買い物する時は一葉が持ち、清水は手をポケットに収めたままついてくるだけだった。そういうものだと思っていたし、清水が楽ならそれが一番だったから。だから、柊が持ってくれた状況が上手《うま》く飲み込めない。

柊はさっさと歩きだした。

ひとの荷物を持ってあげるのが習慣になってるんだろうな、と一葉は感心する。そして、「ひと」というのは、「女性」と勝手に変換されてしまい、手慣れたその様子に「ふーん」とつまらなさも覚えてしまう。そう感じた自分になんでだ、と内心首をひねった。

持ってもらうことを当然としたくはないので、柊が握っている持ち手の、下の部分を握ったままついていくと、柊が手元を一瞥して、一葉を見た。一葉はどうしたらいいのか分からず弱り切った顔をすると、彼は顔をくしゃくしゃにして笑った。

その笑顔に、きまりの悪さが薄まっていく。

店から出て、駐車場へ入っていく。

「オレ、クルマなんで一緒に帰りましょう」

「いいんですか。助かります。それでポトフなんですけど」

教わるにはどちらかのキッチンを使わなければいけないけれど、教えてくれるひとに、キッチンも使わせろというわけにはいくまい。

「うちに来ませんか。先生はポトフを圧力鍋で作るんでしたよね。お借りできたら嬉《うれ》しいです」

思わず、閃《ひらめ》きを提案していた。

柊は足を止めて、真顔でまじまじと一葉を見る。その顔を見て、あ、と気づいた。

考えるまでもなく、柊は男性だ。あのおいしいポトフを作れるかも、そしたら失恋の痛手からさらにもう少し回復できるはず、という展望で頭がいっぱいで、他のことに考えが及んでいなかった。

お隣さんとはいえ、そこまで親しくない男性を家に招き入れるというのはいかがなものか。

それに、と考える。

柊先生の心情はどうなんだろう。気まずくなってしまうかもしれない。

大体、作り方を教わるというのを家庭科の授業のように実際に作りながら教わるものと解釈してしまっていたが、驚いている様子からして、単にレシピのメモをくれるという意味だったんじゃないだろうか。浮かれすぎ、私。

「すみません。レシピをいただけるんですよね」

しっかり赤っ恥をかいた気がする。無意識のうちにエコバッグを引き寄せようとしていた。自分のものは自分で持って、ひとりで帰るのだ。

しかし、柊は放さない。

「百瀬さんがよければお伺《うかが》いしますよ？」

柊の表情は、ともすればあどけないと評されるような顔だ。おまけに目は澄み切っていて、「家庭科教師が料理を教えるというだけの話だ、そうでしょう?」と暗に諭しているように見えてくる。

——そうだよね、料理を教わるだけなんだから、性別とか、釣り合う釣り合わないとか関係ないよね。なんか、勝手に誤解してしまった。

深呼吸する。いちいち深刻に捉《とら》えずに、自分はもっと気軽に考えたほうがいいと思考を切り替えた。

とはいえ、まだ問題はある。

「ただ、うちには久ちゃんがいて……」

「大丈夫です」

柊は断言する。一葉は意外に思って瞬きをした。突然に犬嫌いが治るものだろうか。

「囲いをお願いできれば助かります」

「柊先生、囲いの中でのお料理はやりにくくないですか?」

「オレが中っ?」

「冗談です」

一葉がちょっと笑うと、柊は面食らった顔をした後、破顔した。

柊が助手席のドアを開けてくれる。お邪魔します、と一葉は断って乗り込む。その時、頭がぶつからないように、柊はドアの枠と一葉の頭の間に手を差し入れてガードしてくれた。ものすごく自然な動作だ。ありがたいが、やっぱり慣れないので落ち着かない。

車内はさっぱりと片づいていて、かすかないい香りがしていた。

運転は終始穏やかで、「急発進」「急ブレーキ」など「急」なことはひとつもしなかった。常に周りに注意を払って、クルマの流れや信号などを先読みしている風だった。

アパートの駐車場に滑るように入ったクルマは、かすれた白線の中にピタリと収まる。

「じゃあのちほど伺います」

「はい、よろしくお願いします」

荷物を手に一葉は柊と別れ、部屋に戻った。

リビングをてきぱきと片づけていく。キッチンは曇ってはいるものの、汚れてはいないので特に何もしなかった。

掃除をする一葉の雰囲気に何かを嗅《か》ぎ取ったのか、久太郎はケージの中でそわそわする。思えば、清水が来る前も、久太郎を落ち着かなくさせていた。しゃべれたら「シミズよりぼくを見てよ」と訴えていたはずだ。

「久ちゃんがいわんとすることはなんとなくつかめるのに、これがことあのひととなると、二股のことすら見当もつかなかったもんなあ」

ぼやきも口をついて出ようというものだ。

「久ちゃんほどには興味がなかったんじゃないですか」

突然のその声に、一葉は仰天して抱えていた服をぶちまけてしまい、久太郎は久太郎で、一葉に集中していたので、首が吹っ飛ぶかというほどの剛速で玄関を振り向いた。

柊が、鈍色《にび》に光る鍋を脇に抱えていた。

「ひいいらぎぃさん」

名前と悲鳴をごちゃ混ぜにしてしまった。

「え、あ、なんで」

視線が泳いでしまう。

柊は空いた左手を首の後ろに引っかけた。

「すみません。インターホン鳴らしたんですけど、応答がなくて、どうしたんだろうって思ってノブ回したら開いたもので」

「あー……聞こえてませんでした、すみません」

「いえ、オレのほうこそ。横から勝手な口を利いてしまいました」

柊はこめかみをかきながら、一旦一葉から視線を外した。そしてまた視線を戻す。

「でも多分、オレの見当は大方合ってると思うのですが」

「あ、はあ。そうですね」

しどろもどろの一葉は、額の冷や汗を拭う。二股、とか聞かれてしまったようだ。

すぐですからどうぞ上がってください、と勧めながら一葉はリビングを出たところのキッチンの隅《すみ》にある洗濯機に服を放り込んだ。ブラウスの袖が洗濯機の縁にかかる。胸の奥が鳴ったのを聞いたが、今はそれにかかずらっている時ではないと、袖を中に払い落としてピタリとふたを閉めた。

柊が「おじゃまします」と部屋に上がると、部屋が急に狭くなったような気がして、軽い圧迫感を覚えた。それは清水が来た時と同じ感覚だ。

柊は、圧力鍋を二口コンロに置くと、中から胡瓜を取り出した。

「久ちゃんにご挨拶させてください」

胡瓜を手に、へっぴり腰でケージに向かう柊に一葉はついていく。久太郎は長身の男をじっと見つめて、下げた尾を探るように振り、巌流島《がんりゅうじま》の決闘が始まる雰囲気をまとっている。

「柊先生、屈んで久ちゃんの正面からずれてみてください」

柊は素直に移動すると腰を落として久太郎に近づき、柵の間から慎重に胡瓜を差し出した。

久太郎は柊を上目遣いに警戒しながら、鼻を伸ばしてくる。

胡瓜は震えている。鼻が触れた。柊がビクッとした拍子《ひょうし》に胡瓜が久太郎の鼻面を叩いてしまった。ご、ごめん、と柊が小さく謝る。久太郎がくしゃみをする。驚いた柊が引っ込めかけた胡瓜に、かぶりついた。

久太郎はシャクシャクと良い音を立てる。柊が、「食べてる……」と肩の力を抜いた。またたく間に平らげた久太郎は顔を上げ、目の前にある大きな手に鼻を近づけていく。再び引っ込みかけた柊の手を一葉は咄嗟につかんで押し留めていた。柊が一葉に視線を滑らせる。

「すみません。でもチャンスです。手を嗅がせましょう。柊先生が怪しいひとじゃないということを確認させてあげるんです」

一葉が促《うなが》すと、柊はあからさまに顔色をなくした。十日ほど飲まず食わずのライオンの檻《おり》に入るよう強要されたみたいに。

まずは一葉自身の手の甲をケージに寄せる。久太郎は尾を振って、花びらのような舌でペロリと舐めた。よーしいい子だね久ちゃん、とおだてながら、柊の手をゆっくりと放す。剝《む》き身の柊の手を久太郎はすんすん嗅ぐ。一葉のにおいと混じっているのか、少し首を傾《かし》げた。攻撃的な雰囲気は失せている。腰をおろして黒目勝ちの丸い目で柊を静かに見上げる。

柊は細い息を長く吐いて、額を袖で拭った。まるで国家プロジェクトを成功させたみたいだ。

久太郎の了承を得た柊は、生成りの生地でできた無地のエプロンを身に着けた。聞けば、大学時代に作ったものだという。縫い目が真っ直ぐで整っていた。端っこも丁寧に始末されている。上手ですねえ、ととっくりと眺めれば、結構簡単なんですよ、と柊が答える。

一葉が箪笥《たんす》の奥から出したのは、新品と見まごうほど綺麗でしわがなく、きっちりと折り目がついた薄いグリーンのエプロン。清水に食事をふるまう時に身に着けていた。また彼に食事を作る機会があると信じて疑わず、せっせとアイロンをかけ、こうして準備していたわけだ。

あれから一回も身に着けていない。胡瓜を切って、栄養補助食品のパッケージを開けるのに、エプロンは必要じゃなかったから。

一葉は落ち込みそうになる気持ちをエプロンをバサッと振ることで消し去ると、頭からかぶって腰のところで紐《ひも》をキュッと結んだ。気合が入る。

「圧力鍋って使ったことないので楽しみです」

料理が楽しみになるなんて、これまでになかったことだ。

いざ料理を始めたら、柊は、先ほどのヘタレっぷりはどこへやら。別人……いや本来の姿に戻ったみたいにキビキビと動き始めた。

一葉は流しの前でジャガイモの芽をえぐり、柊はその隣の調理台で野菜を切ったり、ベーコンの余分な脂を削ぎ落としたりしていく。

柊の手元を見て、長い指がよく絡まないものだと感心した。すべての指が自分のすべき仕事を心得ているようで、素早く正確にそれをやってのけている。

久太郎が時折キュウキュウ鳴く。一葉が振り向かないと、寂しくなるのだろうか。ひとりぼっちでさまよった記憶が蘇《よみがえ》るのだろうか。

「はーい、久ちゃん大好きだよ」と返すと、久太郎は鳴くのをやめる。ひとりでお留守番させている間、久太郎は寂しさをどうやってやり過ごしているのだろう。

視線を感じて顔を横に向けると、柊が微笑んでいた。柔和な表情ができるということは、久太郎に慣れてきたからこそである。

柊が呟いた。

「大好きだよって、いい言葉ですね」

一葉は同意した。

「多分、大概のひとがいわれたい言葉ですよ」

自分がいわれたかった言葉を、久ちゃんに伝えている。

再びジャガイモの芽をえぐっていく。包丁を持つ手が滑る。なかなか上手く取れず、芽の周りのほうがえぐられていく。

久しぶりに調理らしいことをするからだろうか、脳裏に清水のためにこのキッチンに立っていた自分が蘇った。胸が、刃物でえぐられるようにズキズキしてくる。

「――ジャガイモもえぐられたら、痛いでしょうね」

一葉がこぼすと、柊は目を伏せ手を止めた。少し間があった。

「痛いでしょうが、その痛みは次の工程に進むために必要な痛みですから」

一葉は手元から柊に目を移す。静謐な横顔がそこにある。

唇に力を込めた一葉は、再び芽をえぐり始めた。柊の視線を横顔に感じ、肩で頬をさっとこする。

「毒がありますから、しっかり取りましょう」

「はい」

「包丁の握り方はこのほうがいいです。包丁の持ち方ひとつで、切り方も味も変わってきますし、手の疲れもなくなりますから」

親指と人差し指で柄《え》のつけ根部分をしっかり挟んで、残りの指で柄を握る。

「で、芽を取るには、……ちょっと貸してみてください」

差し出された柊の手に、ジャガイモと包丁を渡した。わずかに触れた柊の手は、やっぱり穏やかに温かい。それなのにそのぬくもりに一瞬、胸がギュッと潰れる思いがした。

柊は包丁の刃元のアゴの部分を深く刺して、ひねってくりぬいてみせる。

「すくうように取るんです。こんな感じです」

「救う」

一葉は柊の言葉を別の意味に変換する。

クリームイエローのスベスベしたジャガイモと包丁がまな板の上に置かれると、一葉は残りのジャガイモに取りかかる。同じようにやってみた。柊が頷く。

「そうです。上手いです」

おとなになって以降、褒められる機会が減っていたので、素直に嬉しい。

——ちゃんと覚えて、ちゃんと作る。そしてちゃんと、食べるんだ。

ボウルを取る時に柊にぶつかったり、差し伸べたザルのタイミングが悪くて手に当たって落としたりとまごつきはしたが、怪我も大きなミスもなく圧力鍋を火にかけるところまでこぎつけた。

教わる間中、柊は迷惑そうな顔ひとつしなかった。さすが教師、辛抱強い、と一葉は感服する。

ふたの上につけた分銅のようなおもりがシュンシュンと躍《おど》り、水蒸気を発する。久太郎が遠い湯気を追うように鼻を上向けた。

一葉は、おいしい香りのする湯気を深く吸い込む。

「あ～、いいにおい。幸せ。キッチン中が幸せのにおいでいっぱいですねえ」

失恋してから、そんなこと欠片《かけら》も思わなかったのに、そう実感し、うっとりした。

柊は目元を緩めて頷く。

調理を始めて三十分足らずでできあがった。

ポトフを白いボウルによそうと、澄んだ薄い黄金色のスープが映えた。ゴロゴロしている野菜はどれもこれも、香りも見た目もたくましく、ちゃんと個性を保っている。

「綺麗ですね。島が浮かぶ夕焼けの海に見えてきます」

一葉が例えると、柊はスープを見おろして、

「そのたとえは初めて聞きましたが、確かにそう見えますね」

と、呟いた。

ローテーブルを挟んで一葉と柊は、スプーンを口に運ぶ。

最初のおすそ分けより、黒コショウのスパイシーさがわずかに強く出ていた。そしてそ

れが全体をほどよく引き締めている。

「私が昔作ったのと材料は同じなのに味は違うもんですね。それに体に染み渡っていくのが分かります。大げさかもしれませんが、なんていうか……」

上手く伝えようと言葉を探したが、見つからないのでそのまま伝えた。

「張り切って生きたくなりました。今自分でもびっくりするくらい、ふつふつと生きていきたいって思ってます。この先に何があるか、どんなひとたちと出会えるか知りたい。その前に生きるのやめちゃったらもったいないですもんね」

自身の言葉に、一葉はヒヤリとした。

食事をおざなりにしてきた自分。食べることがどうでもよくなっていた自分は、生きることさえどうでもよくなっていた。死にたいなんて思ったわけじゃないのに、やっていたことは、いや、やらなかったことは死に向かう行為だったのだから。

黄金色のスープは、自分を受け入れてもらえなかったことに打ちひしがれている一葉をあっさり受け入れて、肯定してくれているような気がした。失恋したっていいし、何ら恥じることなく悲しんでいいし、気兼ねなく嘆いていい、と。

柊がやたらふうふうと吹いて冷まして口に運んでいるのを見て、猫舌なんですか、と尋ねる。

「そうなんですよ」

「ああだから犬が苦手なんですね」

柊がむせる。一葉はボックスティッシュを差し伸べる。柊はジェスチャーで礼を伝えながらティッシュを引き抜いて口元を覆った。

「そ……それは無関係かと。単に子どもの頃、犬に追っかけられたからです。……洋食屋の息子なのに猫舌というのが情けないです」

「あはは、それ無関係ですよ」

「でもイメージってのがあるじゃないですか」

「まあまあ、そういうのも可愛《かわい》らしいですよ」

「かわ……」

久太郎が柵から鼻を突き出して、可愛らしいぼくにもくださぁい、と訴えるようにキュンキュン鳴いている。少し柵全体が動く。本気出したら柵を押してやってきそうだ。

「き、久ちゃん、ポトフを食べたそうですね」

柊がわずかに後ろに腰をずらす。

「うーん、でも無理ですねぇ。ひとにはちょうどいい味でも、犬には香辛料と塩分が強すぎるんですよ」

自分の名が呼ばれたことで久太郎は耳を立てて、いよいよ一葉を真っ直ぐに見つめてくる。これはいけません、と教えると、なにゆえ、という不満そうな目をした。再度、ダメ、と通告すると、上目遣いのまま身を伏せて組んだ前足の上に顎を乗せ、つまらなそうにため息をついた。それを見て柊が肩に口を押しつけて笑う。

馬鹿にされたと受け取ったらしい久太郎は一旦後ろに引くと、助走をつけて柵に飛びついた。柵が大きくずれる。柊は見事な瞬発力で立ち上がり、壁に背を貼りつけた。久太郎が追い込み吠えをする。

「こら久太郎、静かにしなさい」

久太郎は耳をたたんで身を伏せた。姫の前にひれ伏す家臣のようである。ひれ伏しつつも一葉を見つめる目に不満をにじませる。意図を汲《く》み取った一葉は、久太郎の頭をなでた。そうすると、久太郎はそれ以上、我を張ろうとはしない。顔つきは一丁前にムッとしたままだが、尾は正直で、機嫌よく揺れ始めた。

「すごいですね。あっさりいうことを聞かせられて」

「すごいのは久ちゃんです。賢いんですよぉ」

一葉はキッチンに行き、冷蔵庫を開けた。

買ってきたばかりの胡瓜を取り出す。

依然としてそこにある傷んだ野菜たちを見なかったことにして扉を閉めた。

胡瓜を与えようとしたら、柊が自分にやらせてほしいと手を差し出してきた。挨拶はもうすませていたので、久太郎にわざわざ自分から近づかないだろうと一葉は勝手に思い込んでいたので意外だった。

柊は、久太郎の食事を見守る。表面上は怖がっているが、まなざしは何とも物優し気で、慈悲深かった。

鍋にはまだポトフがたくさん残っている。

「これ歩美にも食べさせたいです。あ、歩美っていうのは」

親友の紹介をしながら、一葉は閃いた。

「そうだ、お礼」

「はい？」

「ほら、いつも差し入れしていただいていて、全然お礼してませんでしたよね」

「いやそれはオレが押しつけてただけですから、お礼なんて要りません」

「それでは私の気がすみません。寝覚めが悪いってもんです。柊先生はお酒大丈夫ですか？」

「え、あ、大丈夫です」

「よかった。今日これから予定ありますか？」

「いいえ何も」


ということで柊を連れてきた南部は、今日も賑わっている。

カウンター席から柊が店内を見回す。小ぢんまりとした店内は、ぬくもりのある無垢の木でできており、カウンター席とテーブル席の間に太い柱が天井を支えてどっしりと立っている。壁の上のほうにはメニューの短冊がずらりと貼られて万人を歓迎していた。

磨き上げられた一枚板のカウンターテーブルに並んで座るふたりの前には、先ほど乾杯したビールと、春のおすすめメニューである白金豚《はっきんとん》の生姜《しょうが》焼き、ホタテとカレイのお刺身、三陸《さんりく》産ワカメの酢の物。

「このポトフ、ひと口食べるとお腹空くんだよ」

柊が貸してくれた水色のスープジャーのふたを取って歩美に差し出す。歩美は面白がるように眉を上げた。

「は。とんだ太らせメニューじゃん。てか、あんたに空腹を覚えさせるなんてそりゃあ大した煮物だわ」

「煮物って……。ポトフだってば」

味見をした歩美が目を見張る。

「なかなかのもんね。ねえ勇、これ食べてみて」

傍らで唐揚げを揚げている夫の口元へスプーンを運ぶ。スプーンの下に汁受けのように左手を添えているのが、歩美の可愛らしい愛情に見えた。

彼もああこりゃ旨い、と笑みをこぼす。

カウンターの内側から身を乗り出して地鶏の唐揚げを置くと、歩美は柊に尋ねた。

「ずいぶんお若く見えるけど、おいくつですか？　まさか学生じゃ」

「二十四です」

「あーよかった。てっきり一葉が失恋の」

柊の箸《はし》がピクリと跳ねた。

「ショックからついに未成年に走ったかと心配したわ」

親友がさっぱり明るくいう。

「そのポトフを食べたら、お腹の中でふくれて重たくなってたものがスーッと消えていったんだ。ホッとして、またやっていけそうな気がしてきたの」

柊は静かに料理に目を落としている。歩美とのやり取りを聞いても別段驚く様子もない。やはり勘がいいひとらしく、ある程度は見抜いていたようだ。

ポトフを教わろうと部屋を片づけていた時、私うっかり二股とか、いってしまってたしなあ……。

歩美は目を細めた。

「よかったね。あんたの命までおびやかしていたヘドロみたいな感情をさ、煮物、じゃなくてポトフが溶かしたんだね。彼に感謝しなよ、命の恩人なんだから」

ヘドロの「へ」を強くいい捨てズケズケいう歩美に柊が面食らっている。

でも一葉は彼女の友情がありがたく、いわせておいて、唐揚げを頬張った。ジューシーで旨味が強く、適度な歯ごたえがある。ひとつを食べ切り、ふたつ目にかじりついた。

包丁の刃についた小口切りのネギを人差し指で小鉢に滑り落としながら、勇が一葉に視線を投げかけ、精悍《せいかん》な目元にくっきりとしたしわを寄せた。

「力業《ちからわざ》で乗り越えたってわけでも、無理矢理押しやったのでもないんだね」

一葉も同意の笑みを返す。

ビールを飲み、タルタルソースをたっぷりのっけてひと口かぶりついた。柊が首を傾げるように一葉を覗き込んで、急にたくさん入れないほうがいいですよ、とやんわりと止める。一葉は了解して箸を一旦置き、唐揚げを柊に勧める。

熱いですよ、と忠告する前に柊がかぶりついて「あっつ！」と口を押さえた。一葉はすかさずビールを柊のグラスに注ぐ。柊はまさに泡を食ってビールを流し込んだ。

歩美も氷水のグラスを差し出してくれていたが、引っ込めて、勇と顔を見合わせ肩をすくめた。

自分のグラスでは、三分の一に減ったビールの泡がぷつぷつと弾けていく。その泡ひとつひとつに清水が見え、弾けるたびに一葉の中からも彼が消えていく。

柊が、飲み干したグラスを置いた。強く置いたわけでもなかったが、一葉のグラスの泡が一気に弾け消える。

バッグの中で携帯電話が震えた。取り出して確認すれば広告メールである。そして待ち受け画面は、大きな口を横に引いて歯を見せている浅黒い肌の清水。

じっと見つめて、胸の奥に広がったのは、温かな安らぎではなく冷たい痛みだった。

一葉は、無言で清水の画像を選択し始めた。

歩美と柊の気にしている気配はあるが、あからさまに覗くようなことはない。

大きく息を吸い込む。

〝削除しますか？　はい　／　いいえ〟

はい。確定。清水はあっという間に消えた。

画面を歩美に見せた。歩美が眉を上げる。

続けて清水の連絡先を消去した。

「あそうだ。うちがふたりを撮ってあげるから、今度はそれを待ち受けにしなよ」

身を乗り出した歩美が一葉の携帯に手を伸ばす。一葉は苦笑いする。

「それは柊先生に迷惑だよ」

「そんなことはないでしょ、ねえセンセー？」

「構いません」

「ほらね。このイケメン君を待ち受けにできたら運がよくなるよ」

一葉の手から携帯が掠《かす》め取られた。

「歩美は柊先生を、清正《きよまさ》の井戸とか仏像なんかと勘違いしてる」

「イケメンはパワースポットだよ。日本の宝だよ。本来ならこんだけの男と写真撮ろうとしたら、金払わないと無理なんだからね。それをタダで撮らしてくれるっつうんだから遠慮してたら損なの。うちらはそろそろ図々《ずうずう》しくならなきゃ」

と図々しさの権化《ごんげ》のような彼女が断言する。歩美に断言されると、それが至言のような気がしてくるから不思議だ。

こんなことをいい放つ嫁をどう思っているのか、と視線を横にずらすと、夫は受容の面差しのまま、料理に専念している。

　歩美は携帯をかざした。

「はい、ふたりともこっち見て。もうちょっと寄って」

　指示通りにふたりは寄り合う。歩美が携帯から顔を覗かせ、眉をひそめた。

「全っ然入んね」

「歩美、もうちょっとさがってごらんよ」

「さがったらちっちゃくなるでしょ」

　歩美はさらに顎を振ってパワースポットに指図する。

「先生が困ってるでしょう。私、見切れてて構わないよ」

「それは縁起が悪い」

「また訳の分からない理屈を」

　焦《じ》れた歩美がカウンターから出てきて一葉の肩をどついた。柊と反対側の肩がぶつかる。

　一葉は柊に謝って、歩美を目でたしなめようとするも親友は黙殺した。

　柊はクルマと同じいい香りがする。

「一葉、鼻の穴広げすぎ」

歩美がツッコみ、一葉は手で鼻を隠し、柊が噴く。そのタイミングでシャッターが切られた。

「センセーにも転送しておくね、アドレス教えて」

「歩美サン、どあつかましいですよ」

一葉が注意するも、柊からアドレスを聞いてあっという間に送ってしまった。

「先生、ありがとうございます」

返された携帯を両手で握ってお礼をいう。

グラスに口をつけていた柊は、そのまま会釈をしながら手を振る。グラスを口から離して「いえいえ」といった。

「写真だけじゃなくて、料理を教えてくださったこととか、これまでのおすそ分けもです。玄関先で栄養補助食品をぶちまけてしまった一件で、私の食生活がまともじゃないって察したんじゃないですか？　だから、その後も差し入れしてくださったんじゃないですか？」

二杯目のビールに口をつける柊の横顔に続ける。

「ほんとにありがとうございました。そして申し訳なかったです」

柊はビールを飲み干すと、一葉に体を向けた。

「申し訳ないなんて思わないでください。オレが思うのは、誰かのせいで百瀬さんが体を壊す必要はどこにもないってことなんですから。ましてやフラれたことで百瀬さん自身が否定されるものでもないです」

柊の黒目勝ちの目に見据えられて、胸がしびれるように締めつけられる。

一葉は深呼吸して胸を広げると「はいっ」と笑った。

時は進み、いつの間にかお客は、一葉と柊以外にテーブル席のサラリーマン風の四人グループだけになっていた。

一葉が化粧室から戻ってくると、

「さっき一葉が差し入れのことといってたけど」

と、歩美がいいさすのが聞こえ、つい、柊の背後の太い柱の陰に身を寄せた。

「よくポトフにしたもんだね。偶然だとしたらすごいわ」

歩美が柊に水を向けた。柱越しに声が届いてくる。

「偶然じゃないです」

柊が穏やかに答える。

「キャベツを煮る料理で、百瀬さんはポトフと口にしました」

アパートの部屋の前で、キャベツをあげた時のやり取りを思い出す。

時折、テーブル席のお客がどっと沸く中、決して大きくはない柊の声が、不思議と一葉の耳に届く。

「ポトフなら、ビタミンとタンパク質を効率よく吸収できるのでそれにしました。もし長い間食事を摂れていなかった場合、胃が弱ってる恐れがあったので、圧力鍋で高圧をかけてさらに柔らかくしました。それと、ニンニクを入れると格段に旨くなるんですが、弱っていれば劇薬になります。ですから胃の負担にならないようにニンニクは外して調味料を工夫してみたんです」

柊は水滴のついたグラスを、右手の親指でこすっている。

「体が温まれば代謝も上がりますし、そうすれば体の組織が動きだします。体が動けば心も動くんです」

一葉の胸の奥から温かさが浸み出すと、それは鼓動と共鳴してエコーがかかるように全身ににじみ広がっていく。

「ねえねえ、センセーが一葉に」

歩美の声音が急に、下世話っぽくなる。ひか、といったところで背後から、わあ、と数人の声が上がった。振り返ると、四名が囲んだテーブルでグラスが倒れ、酒浸しになっている。

一葉はテーブルの端にぐしゃっと打ち捨てられていたおしぼりで拭いてあげた。

彼らに礼を言われながらも、あんたそんなところに突っ立って何してるの、という奇異の目ももれなく向けられる。一葉は、口の前にひと差し指を立て、再度柱の陰に身をひそめる。注意を柊たちに戻した。

柊は向こうを向いたままだが、歩美とは、一瞬、視線が交差した気がした。が、歩美は一葉に声をかけるでもなく、話を促すように柊へ身を乗り出す。目が合ったと思ったのは気のせいで、盗み聞きには気づいていないようだと一葉は判断する。

「挨拶で握手した時、手がすごく冷たかったんです。細くてカサカサで」

もはや何についてなのかつかめぬままに話は進んでいく。それでも話につられて一葉は自分の手を見てみる。指をこすり合わせる。

「こんなに冷たくて、細くて、乾いた手をしてるのに、それでもこの手で他人の失敗をカバーしようとしてたんだって知らされたんです。……一応は笑ってたけど、笑顔は全く動かないし、その下には、ひっそりとした痛みが見えました。それでもこのひと笑うんだなって。笑顔って自分のためというのもあるけど、周りのひとのためでもありますよね。見たひとの気持ちをほぐしますから。そういう気遣いができ」

お客がどっと笑った。柊の声はかき消される。

「あっ鍋」

歩美の慌てた声に柱から顔を覗かせれば、急いで鍋の火を止めているところだった。

タイミングを見計らっていた一葉は、柱の陰から出る。

歩美をカウンターの端のレジに連れていって精算を頼むと、親友は難色を示した。

「またあんたが払うの？」

清水と来た時のことが頭にあるせいだろう。

「ずっとお世話になってたお礼だから」

「あそう。それならいいけど。あんまり甘やかすんじゃないよ」

受け取った歩美は柊に視線を走らせる。柊は勇が魚を捌《さば》くのを身を乗り出して注視していた。

歩美がお釣りを返す。

「そういやあの子、ここに来てからいっぺんもスマホ見なかったね」

一葉は、それには気づかなかったが、気づかなかったということは、確かにそういうことなのだろう。

柊に、そろそろ帰りましょう、と声をかけると、柊は椅子《いす》の背もたれにかけていたチェスターコートのポケットから長財布を出した。

「もう一葉からもらったから」

歩美がいうと、納得できない顔をして一葉を見た。

「先生、お礼だっていったじゃないですか」

一葉は笑う。でも、といいかけた柊だったが、そこでもめるような野暮なことはせず、ごちそうさまでしたといった。

「今度はオレにごちそうさせてください」

サッパリとした笑みを見せる。

おとなだ、と歩美が勇にささやき、勇が目で頷く。そんなふたりの優しいやり取りを、一葉は視界の端で捉えることができた。


店を出る時、柊は引き戸を開けて玉暖簾を持ち上げ、一葉を先に出した。入れ違うように、薄手のコートを引っかけた千鳥足の男が店に入ろうとして、フラッと一葉のほうによろめく。と、柊が一葉と酔っ払いの間に入り、支えた。

酔っ払いは柊にもたれかかると、ああ悪いねと身を離し、店内に入っていった。

「すみません、ありがとうございます」

戸を閉めた柊の背に礼をいう。単に酔っ払いを支えてあげたかっただけなのかもしれないが、結果的には一葉はかばってもらったことになったのだから。

柊先生と出会ってからありがとうと口にすることが増えた、と一葉は思う。

柊がタクシー呼びますか？　とスマホを取り出した。一葉は、どうしましょうか、と答える。とりあえず大通りまで出ますか、と話がまとまる。

換気扇から吐き出される煙が提灯《ちょうちん》の赤い光や、カラフルなネオンをぼやかす。ふたりは、あちこちの店から声や音楽があふれてくる賑やかな飲み屋街を行く。

「この辺で久ちゃんと出会ったんです」

「へえ」

柊は、ゴミ箱やエアコンの室外機が道幅をさらに狭めている路地に視線を巡らせた。

「久ちゃん、ここに独りきりでいたんですね……」

漏らしたため息には、確かに労《いた》わるような温かさと柔らかさがあった。

路地を抜けた大通りは、濃紺色の静謐な世界だった。

明かりの消えた銀行や保険屋、不動産屋、旅行代理店などが建ち並ぶ深夜の街。ビルの間から、闇《やみ》がちぎれてするすると歩道に出てきた。黒猫だった。道路を我が物顔で横切っていく。ビルの窓から非常口を示す緑色の光が見える。クルマもひとの姿もない広々とした道に、月明かりが降り注いでいた。真っ直ぐに伸びるそこに、街路樹の影がくっきりと落ちている。

一葉は真珠色の月を見上げ、目を細めた。

「ほわぁっ。見てください、綺麗ですねぇ」

「ほんとですね」

顎を上げた柊は、光を体の半分に受け、闇と光に鮮やかに分かれている。アルコールのせいか、陶器のような肌をした頰が淡く色づき、濃紺色の無機質にも思えてくる世界の中で、そこだけが、ほのかに息づいているように見える。

彼の美しさにはきっと、内面からにじみ出るものも加味されているのだろう。

吹いてくる穏やかな風に桜の香りらしきものを嗅いだ。

「私はできれば歩いて帰りたいです。柊先生はいかがですか」

「いいですね、歩きましょう」

月の下を並んで歩く男性はこれまで清水だけだった。そのことを思い出しても、もう胸がえぐられることはない。

「月が綺麗だったり」

と一葉は呟いた。

「ポトフがおいしかったり、理解ある親友がそばにいてくれたり、お隣さんが」

柊を見上げる。自分を見おろして月光を反射させる長いまつ毛の奥の瞳は、焦点が甘く、その目に覗き込まれて、落ち着かない気持ちになってくる。

一葉は深呼吸して気持ちを変え、前を向いた。

「親切だったり」

そういうものやひとに囲まれて、少しずつ顔を上げ、少しずつ前へ歩いていく。

冴え冴えとした月光が照らす深夜のビル街に、足音が真っ直ぐに響く。


三月三十一日と四月一日では、朝の日差しもスズメのさえずりも違うような気がする。

数分前、駐車場からクルマが出ていった。

一葉は、玄関に見送りに出てきた久太郎の頭をなで「いってきます」と告げ、ゴミ袋を手にドアを開ける。

ゴミを集積場に置いた。半透明のゴミ袋からは、捨てなきゃと思いつつそのままにしていた傷んだ食材と、不名誉なシミがついたブラウスが透けて見える。

さようなら、と心の中で告げたが、それだけだと足りないような気がして少し考えた。

「ありがとう」

部屋のそばの桜は、ギュッと締まっていたつぼみを膨らませ始め桃色を濃くしている。

辛いことがあっても、打ちのめされたとしても、冬は終わり、そして桜は咲く。

2章

HIIRAGI-SENSEI's
small kitchen

盛岡《もりおか》市が梅雨に入った六月半ば。

土曜日のショッピングモールは、買い物客でごった返していた。

傘を細いビニール袋に収めて入店してくるお客が増えるにつれ、雨のにおいと湿度が濃くなっていく。

フードコートに近い、ガラス張りの明るい一角は、テナントで入っている調理器具とスパイスの店である。

おしゃれで洗練された品が取り揃《そろ》えられていて、一葉《かずは》が見たことがない品も多い。

先日、初心者向けの圧力鍋はどんなものがいいのかと柊《ひいらぎ》に相談したところ、オレ見立てますよ、と申し出てくれた。わざわざつき合ってもらうのは悪いと遠慮したら、一拍の間の後、オレも新しいスパイスがほしいんで気にしないでください、といって、今日、機嫌よくクルマを出してくれたのである。

圧力鍋だけでも圧巻の品揃えに、一葉は目を奪われる。

ずらりと並ぶ圧力鍋の横っ腹には、横に伸びて映っている自分の顔と、少し離れて柊の横顔が小さく映っている。その柊が膨れるように大きくなり、一葉のそばに寄った。

一葉は前のめりになっていた体を起こす。背後の狭い通路を買い物客が通っていった。お客と一葉がぶつからないよう、柊は盾《たて》になってくれたようだ。

「すみません。ありがとうございます」

彼は無意識でしているのかもしれないが、慣れない一葉はいちいち恐縮してしまう。

「気にしないでくださいってば」

柊は苦笑いというか、寂しそうな笑みを浮かべる。

なぜそう見えてしまったのだろう、と一葉は首をひねる。ひょっとして、お礼をいわれるのは彼の負担になっているのだろうか。でもお礼くらい伝えたいではないか。

そんなことを考えながら視線を陳列されている鍋に流し、見つけた。

「これって柊先生のと同じものですね」

一葉が指したそれを確認した柊が頷《うなず》く。

「ですね。まだ売ってたんだ。これ使いやすいですよ。ふたの開閉が楽ですし、おもりをつけかえるだけで圧力の設定ができるんです」

気圧と材質、サイズ、手入れの簡単さも申し分ないという。

持つべきものは親切な家庭科教師のお隣さんだ、と一葉は柊をあがめる。

「ではこれにします」

同じものなら、トラブルが起こった時や、分からないことがあった時に教わることができる。

精算がすむと、柊は当たり前のように圧力鍋が収まる二重にした紙袋を手にした。

「すみま……」

謝りかけた一葉は、ありがとうございます、といい直す。

「私はこっちを持ちますね」

柊が提《さ》げていたスパイスとカレー用のおたまの入った袋に手を伸ばすと、柊は素直に礼をいって渡してくれた。

出口に足を向けた時、

「爽《そう》兄！」

「センセー」

潑溂《はつらつ》とした声がざわめきを切り裂いた。

書店の紙袋を持った手を大きく振り、こっちを目指してどやどやとやってくる若い五人の男女。

「おお～」

柊は彼らに手を掲げながら一葉に紹介する。

「オレのクラスの生徒たちです」

心持ち胸を張った後、生徒に向き直った。そこに男子生徒ふたりが勢いよく飛びついた。

よろめいた柊を支えようと女子が手を伸ばすが、柊は体をひねってその手をかわす。

彼は男子から離れ、改めて五人を眺めた。

「なんだよ、君らも買い物に来てたのか？　参考書でも買ったか」

急にくだけた口調になったのが、一葉の耳には新鮮だ。

「竹原智樹《たけはらともき》ってひとの恋愛小説」

一葉と背が同じくらいで、長い髪を後ろで束ねた女子が、紙袋からブックカバーのかかったそれを出す。

「爽兄は興味ないかも。で、爽兄たち、は？」

チラッと鍋を見て、柊と一葉を見比べ、柊の袖《そで》に手を伸ばす。

柊はまたもやさりげなくその手を避ける。

「彼女？」

日に焼けた男子が一葉の立場を柊に問う。眼鏡をかけた色の白い女子がすかさずその男子の脇腹を本の角で突いた。

「そんなわけないじゃない、センセーはゲイなんだから」

柊の手から紙袋の持ち手が抜けた。一葉は素早く持ち手を捕まえる。柊も泡を食ってもうひとつの持ち手を握る。

「お、お前ら、先生をからかうんじゃない」

「センセー、そんなに狼狽《うろた》えないでよ。この際だからいうけど、女子の間じゃ『逆に可愛《かわい》い』とか『ゲイのほうが特定の女子のものにならない』とかいう理由で」

と、なぜか一葉を見る長髪の女子。ふたりで持ち手をひとつずつ持っている手元へ視線を向け、また一葉の顔を見る。一葉はニコリと微笑《ほほえ》み返す。彼女はすぐに柊に向き直って続ける。

「人気爆上がりだし、男子の一部にも、『別にいいんじゃね』という空気はあるんだよ」

「なんなんだその上から目線は」

「オレはイケます」

「そうかありがとう、考えさせてくれ」

冗談をいった男子に柊がサクッと答える。

生徒四人と柊がワイワイ話している間、肩までの髪をした小柄で黒いリュックを背負った五人目の女子生徒はスマホのタップに集中している。

彼女の後ろを通った買い物客が、リュックにぶつかった。リュックに下げている緑色の勾玉《まがたま》つきのお守りが大きく揺れる。それでも彼女はスマホから目を離さない。まさに没頭。他の四人の子たちは、そんな彼女を放っておいているようだ。

一葉は「危ないよ」とその子の腕を取って、通路が空くよう、少し引き寄せた。チラッと見えてしまった画面は青い鳥のマークが特徴的なＳＮＳ。

女子は驚いた顔をして一葉を見る。いきなり知らないひとから腕をつかまれたらそりゃ面食らうだろう。「ごめんね」と謝ると、彼女は、いいえこちらこそありがとうございます、と案外、礼儀正しい。

「柊先生は皆さんに人気があるんですね」

一葉がみんなに向き直ると、全員が改めて注目した。

「ところで、お姉さんですか」

「親戚さんですか」

生徒たちが口々に質《ただ》す。

「アパートのお隣さんです」

一葉が答えると、空気は一気に弛緩《しかん》した。彼らの落胆《らくたん》したような安堵《あんど》したような反応を、どう受け止めればいいのか見当がつかない。

「何だ。ただのお隣さんなんですかぁ」

「そうです、ただのお隣さんです」

一葉が自信を持って答えると、

「ただのって……」

柊がものいいをつけるように口を挟む。長髪の女子が腕組みをして担任を見据えた。

「じゃあ何なの」

「……………『ただの、お隣さん』です」

半目でそう答えた柊に、一葉は「ねっ」と満面の笑みを向ける。


クルマを走らせて間もなく柊が口を開いた。

「さっきの話ですけど」

「先生が人気者である件ですか」

「いえ」

「男性をお好きだとかいうことでしょうか」

クルマが一瞬ブレた。対向車がクラクションを鳴らす。柊がハンドルを戻し、小さくため息をついた。

「私、思うんですが、相手が男性であろうと女性であろうと、誰かを想う尊さはなんら変わりありませんよ」

「オレは女性が好きです」

きっぱり。一葉は声を上げて笑う。

「その御容姿で女性好き宣言はいかがなものかということはまた置いておいて、生徒さん方の誤解は解かれないんですか」

「そういう印象を持ってもらうように努めたので」

不思議なことをいう。柊は真顔で正面を見据えハンドルを握っている。

何かの拍子《ひょうし》にピリッと裂けそうなほど薄い肌をした頬《ほお》と引き結ばれた口元を見て、一葉は話題を掘り下げることはせず、その横顔から視線を逸《そ》らした。

アパートの駐車場にクルマを停め、荷物をおろして部屋のドアにカギを差し込んだところでひと呼吸置く。ドアの向こうでムフームフーとやる気満々の鼻息と、ドアを引っかく音が交互に聞こえてくる。

囲いの中に入れて外出すればいいとは承知しているが、ひとりぼっちで待っている久《きゅう》太郎《たろう》にそれ以上のストレスを与えたくなくて、自由にさせている。

ドアを開けた途端、わっしょーい、と飛びついてきた。圧力鍋を盾のように抱えて後ろに控えていた柊が、そっと後ずさったのが分かった。

一葉は顔を舐《な》めてこようとする久太郎から顔を背けつつ、がっしり抱いて、先生お茶でもどうですか、と聞く。

万福荘《まんぷくそう》までの道すがら、道路沿いにあるカフェを見つけて寄ろうとした矢先にまた生徒の姿を発見し、断念したのである。柊は、あいつら遠慮会釈《えしゃく》なく絡んでくるからなあ、と苦笑いして。

「いいですか？」

柊の顔が明るくなる。久太郎の耳がしょんぼり垂れる。

と、その耳がピクリとまた、立った。顔を駐車場に向ける。

「こんにちはー！」

張り切った声が駐車場から響いた。

一葉と柊が振り返った先には、ヒョロリとした男性がいた。透明なビニール傘をさし、レジ袋を振ってこっちに近づいてくる。

歳《とし》は三十前後に見える。艶《つや》のない髪はボサボサ。一重の目。肌の色は色白というより青白い。ブルーライトが浸透したみたいな顔色をしている。無精ひげなのかおしゃれひげなのか、ひげに詳しくない一葉に区別はつかないが、ひげが生えていて、それが肌の青白さをさらに際立たせていた。足元はビーチサンダルで、膝《ひざ》までまくり上げられたパンツの裾《すそ》から全く筋肉がなさそうな細い脛《すね》が出ている。レジ袋にはリンゴとワンカートンのたばこが収まっていた。

そばまで来た彼は、どうもと笑った。口元にひと好きのする幾筋ものしわが寄り、大きな前歯が現れる。

「ここのひと？　オレさっき、二〇一号室に越してきた石原智弘《いしはらともひろ》っていいます。在宅ワーカー。よろしくね」

石原は、ちょうどふたりでよかったとレジ袋からリンゴを取り出してふたりに配って、自分はいろんな色のアメーバ柄のガーゼ地のシャツでリンゴを拭《ぬぐ》ってかぶりついた。旬のリンゴなら木の根をスコップで削るような音が立つところだが、今は、もす、もす、とぼやけた音になる。もすもすと嚙《か》み砕きながら手首で口元を拭う。

一葉は彼のすることにちょっと気を飲まれつつも、控えめな笑みを崩さないようにした。

「百瀬《ももせ》一葉と申します。菜園《さいえん》通りの盛岡書店に勤めています」

「書店……」

石原は一葉に目を留めた。

何かいわれるかと石原を見上げて待っていたが、彼は何もいわずにかじりかけのリンゴをレジ袋に放り込むと、手のひらで雨が上がっていることを確認した。傘をすぼめ、バッサと大雑把《おおざっぱ》に振って水を切る。水滴が突っ立っているふたりに飛び散ったが、気にした風はない。

「柊爽太《そうた》です。高校で教師やってます」

隣で柊が顔に散った水を拭う。石原は一葉から顔を背けるようにして柊に向き直った。

「へえ！　何教えてんの。保健体育？」

「家庭科です」

「あそう」

分かりやすく白ける石原。尻ポケットからスマホを取り出して何かを打ち込むと、またポケットに収めた。

久太郎が鼻を鳴らした。

石原が視線を転じる。一葉の腕の中で、久太郎は花びらのような薄い舌をチラリと出し、尾を振る。

石原が瞬《またた》きした。切れ長の目が見開かれる。

「ひょっとしてナナじゃね？」

久太郎の黒い鼻先を指す。久太郎の目が寄る。一葉が首を傾《かし》げる。

「ナナ……？　いえ、久太郎です」

「いや、ナナだよ。だって前足が白いだろ」

「前足が白いというだけで……」

柊はその根拠には懐疑的らしい。

「うちで飼ってたんだけど五年前に行方不明になったナナに間違いない。ナナ！」

両手を広げた。久太郎も石原に向かおうとして、もがく。柊はさらに後ずさる。

一葉はうろたえつつ久太郎を石原の腕に抱かせた。

「おお～ナナぁ！　ひっさしぶりー生きてたかー」

石原は久太郎の頭を大きな手で包んでこねくり回し、久太郎も切ない鳴き声をキュウキュウ上げて尾をブンブン振る。

久太郎は基本的にひと懐こい。でも、初めて会ったひとに甘え鳴きすることは今までになかった。一葉が路地で拾ったのも五年前だから、時期も合っている。

「ちっちゃいまんまだな。ろくなもの食べてないんじゃないの？」

「久ちゃんは胡瓜《きゅうり》が好きなのでついつい食べさせちゃって、結果的にダイエットになっちゃってました」

「胡瓜？　犬が胡瓜なんて食べるの？」

「拾った時に胡瓜をかじっていたんです」

「ああ。それは頑張ったなナナ。なんとしても生き残ってやるぞというその根性や良し！元気そうでよかったじゃん」

あっけらかんと、ズレている。

石原は、一葉の背後へ視線を投げかけちょっと笑った。

「つか、お兄さん、もしかして犬嫌いなの?」

一葉は柊を振り返る。確かにいつの間にか遠い。せっかく慣れてきたところだったのに、甲高い声を上げ大興奮している犬にすっかりへっぴり腰になってしまっている。

「ぶり返したみたいですねー」

一葉は声を張る。

「ぶり返したって、風邪じゃないんですからー。……なぜ久ちゃんは行方不明なんかになったんですかー」

柊も声を大にして石原に尋《たず》ねる。

一葉は、そうそこが知りたかったと頷く。あまりに嬉《うれ》しそうな久太郎を前に、気持ちが複雑になり頭が上手《うま》く回らなくなり始めていたから、聞いておくべきことを取りこぼさなかった柊を頼もしく感じる。遠いけど。

「家族から連絡もらったんだけど、オレがこの街から出てく時にどうやら首輪抜けして追っかけたらしいのよ。それで迷子になっちゃったんだろ。普通の犬なら帰れただろうけど、ナナは鈍いところがあったからなあ」

久太郎をよく理解しているようで、一葉は胸がシクリと痛んだ。

「石原さんはよその街から帰っていらっしゃったんですかー」

「そう。東京からの出戻りー」

彼は肩をすくめ、もうなんもかんも空《むな》しくなっちゃってね、と眉を大げさにハの字にして笑う。

目尻がかすかに、震えているように見えた。一葉はその目尻の、剝《む》き出しの神経の束のようなしわに注目する。

石原が久太郎を抱き直すと、久太郎が首を伸ばして石原の顎《あご》をぺろりと舐める。石原が久太郎の頭に大きな手を置き、顔を覗《のぞ》き込んだ。

「じゃあナナ、行こうか」

そのまま外階段に足を向ける。

「えっま待ってください。連れていくんですか」

戸惑って声をかけると、石原が振り向いた。キョトンとしている。

「だってオレの犬なんだし」

「ええと」

一葉はみぞおちの辺りのシャツを握る。元の飼い主にそういわれたら一葉とすれば、反論できない。

腕に収まっている久太郎は単純にご機嫌だ。一葉にも、石原に向けるのと同じご機嫌な顔を向けている。友だちが増えたとワクワクしているみたいに。

「ちょっと待ってくださいよ」

柊が一歩前に出た。といってもまだ遠いが。

「身勝手じゃありませんか？　久太郎はもう五年も百瀬さんが飼ってるんですよ。ゴミを漁《あさ》る生活を続けていたら五年も生きられなかったし、そもそも誰かに通報されて保健所で処分されてたはずです。でも彼女が拾ったからこそ、ここまで元気に生き延びれたんですよ」

石原は改めて柊に向き直る。

「保健所に知らせてくれれば、ホームページにアップされるし、そうしたらオレだってオレの家族だって気がついたよ。それをせずにナナを連れてっちまったことは正しいことなのかね」

子どもが心から不思議がっているような好奇心に満ちた目だ。ごもっともなことをいっているので、一葉はぐうの音も出ない。

「正しいか正しくないかでいえばあなたのいい分はもっともでしょう。ですが、そこに正不正を持ち出すのなら、久太郎にとっての正不正はいかがでしょうか。あなたこそ久太郎に対して誠実な行いをしたといえますか？　いなくなったという連絡を受けた飼い主のあなたはどうしましたか？　東京から戻ってきて探したりされましたか？」

柊が詰問すると、今度は石原が口を噤《つぐ》んだ。リンゴをかじる。

「あなたに百瀬さんを弾劾《だんがい》する資格があるんですか」

石原は肩をすくめ、御説ごもっともと茶化す。

「弾劾なんてするつもりはないよ。じゃあこうしよう。とりあえず久太郎はオレに返してもらって、会いたい時には会わせてあげるというのは」

のらりくらりと話の焦点をずらす態度に添えられる笑顔は、嘲笑《ちょうしょう》に見えなくもない。嘲笑だとしたら、誰に何に対して？　と一葉は無意識のうちに、石原に目を凝《こ》らしている。

「返してもらうとか会わせてあげるとか、よくそんなことがいえますね」

柊の淡々とした口調には、強く抑えつけたいら立ちがにじんでいる。

「いいですか。今の久太郎があるのは百瀬さんが保護したからなんです。元気なのもそうですが、加えて、久太郎がそういう風に、身を預けられるほど人間を信じられるというのは、百瀬さんが世話したからです。もし、百瀬さんに拾われてなかったら、あなたの腕にそうやっておとなしく収まっていられるほど、人間を信じられた保証はありませんよ。そこのところご理解いただかないと」

柊の張り詰めた表情に拍車がかかって、磨き上げた刃物のようにゾッとするほど凛《りん》としている。

そういう風にいってもらったことなどないし、自分もそこまで考えていたわけじゃない。もちろん、ひとから認められようとして飼っていたわけではないが、自分は認められ、柊の言からするとどうやら自分の想いは久太郎に届いていたことになるらしい。

じんわりと胸が温かくなって、そしてなぜか締めつけられもする。

久太郎は無邪気に舌を出して一葉にいいお顔をする。好きなひとたちに囲まれて嬉しそうだ。

「そしたら、こうしたらどう？　久太郎をオレに貸すってのは」

「は？」

柊が眉を寄せる。

「貸し借りという言葉がそぐわないなら、そうだな、『一時預かり』ってのはどう？　ほら、かなえさんて」

と、一葉を一瞥《いちべつ》する。

「かな……。百瀬一葉さんです。一時預かり？」

「日中仕事なんでしょ。だったらその間オレが預かっとくよ。散歩も餌《えさ》もやるから。おいナナ。旨《うま》いものたらふく食わせてやるからな」

調子よく久太郎のご機嫌を取る。そんなことしなくても久太郎はたいていご機嫌ですよと一葉は腹の中でこぼす。

小ぶりな犬は石原を見上げると、無精ひげなのかおしゃれひげなのかが生えたチクチクの顎をペロリと舐める。一葉はまた胸に痛みを覚える。ちょうど、清水《しみず》と二股《また》相手の女性が会っていた場面に出くわした時に覚えた痛みと同じ。

久太郎、と呼ぶ。呼んだつもりが声は出ていなかった。どうやら自分は、元の飼い主に気兼ねしているらしい。

一葉の声なき呼びかけが聞こえたはずもないのに、久太郎が一葉を見た。黒く澄んだ瞳が真っ直ぐに捉《とら》えてくる。

久太郎は私に何を訴えているのだろう。

自分のモヤモヤとした感情は一旦《いったん》横に置いておいて久太郎を見つめた。

「え、で。犬は二階の住人にあげたの？　ご愁傷《しゅうしょう》様」

南部《なんぶ》である。まだ飲む時間には若干《じゃっかん》早いため店は空《す》いており、お客は新聞を読みながらラーメンを啜《すす》ったり、スマホを見ながらお好み焼きを頰張ったりしている。

歩美《あゆみ》はウーロン茶をふたりの前に出し、短角牛の角煮定食をそれぞれに出した。

いただきます、と一葉は角煮を頰張る。歩美がいうところの、半日以上煮込んだという牛肉は肉の甘みが引き出されており、トロトロで、口の中でホロリとほぐれる。

柊から、名前を「かなえ」と呼び間違えるような男だと聞くと、合ってるの「か」だけじゃん、と腹を抱えた。

軽くてスッカスカっぽいねえ、と歩美が人物像を想像し、そういう食べものってあったよね、といい、ウエハースです、と柊が即答する。

「あげたわけじゃないよ」

一葉はかすかに顔を曇《くも》らせた。

「日中、預かってもらうだけ。夜には帰ってくることになってる」

「やきもちかよ。羨《うらや》ましいね、センセー」

歩美が茶化し甲斐《がい》がある柊に話を振る。柊は深く俯《うつむ》いて角煮を頰張る。

一葉は手にした箸《はし》を動かせないまま、久太郎に似た色の角煮に目を落とした。今なら、段ボール箱だろうと革のカバンだろうと久太郎と間違える自信はある。

「久太郎にとっても石原さんにとっても、それが悪いことじゃないと思ったみたい、私」

ポツリとこぼす。

「みたいって、他人《ひと》ごとな」

「なんだかぼんやりしちゃって。久ちゃんにも私以外の大事なひとがいたんだなあって」

「あんたねえ」

「私だけの久ちゃんじゃなかったんだなあ」

「男にフラれたからって犬に依存するのはよくないよ。犬なんてあれだよ、飯作ってくれるわけじゃないでしょ。棚直してくれる？　せいぜいお手とお座りしたくらいでドヤ顔するだけでしょうが。何にもしてくれないのに、なんだって犬だの猫だの可愛がるのかうちには分かんないね。毛は抜けるし、吠《ほ》えるし、引っかくし、猫に至っては呼んでも来ないとくる」

釈然としない顔をする。慰めているつもりだろうが、歩美にかかると慰めは剣山化し、トドメを刺すことになる。

「炊事《すいじ》も棚直しもしてくれなくてもいいよ。ずっと一緒にいたんだもん、寂しいよ」

「じゃあ、センセーに一緒にいてもらいなよ」

一葉は隣に顔を向ける。柊は咀嚼《そしゃく》をやめて一葉を見返す。一葉は、顔を歩美に戻して諭す。

「先生は久ちゃんじゃないでしょ」

「そこ!?」

「圧巻のズレだなあ。案外、二階のひとと気が合うかもしれないよ」

魚をおろしながら勇《いさむ》が感嘆して、明るい未来を見通すと、柊はパチンと箸を置いた。

その音がやたら尖って響き、空気が引き締まる。流れるように全員の視線が柊に集中する。

「百瀬さん、石原さんのことじっと見てましたが、どうかしましたか」

引き戸が開いて、雨の音がザーッと入ってくる。雨の音とにおいと一緒に、お客たちがどやどやと入ってきた。

「見てましたっけ?」

「見てました」

柊の声が低くなる。

ふたりを前にしている歩美が、ニヤニヤする。

「石原さんの笑顔が、なんだか辛そうだったので」

「笑顔が辛い? そんなことなかったと思いますけど。心からノー天……愉快そうに笑ってたような」

「そうだったらいいんですが……」

石原のあの目。表向きは、キラキラとした好奇心とエネルギーに満ちているものの、その奥に疼《うず》くものが潜んでいるような気がしてならない。久太郎の一時預かりをはっきりと断れなかったのは、それもある。

グラスの表面に、ふーっと息を吹きかけると、水滴が流れ落ちた。

「何にもしないでそばにいてくれる子が必要な時があるんです。私に久ちゃんが必要だったのと同じように。石原さんには久ちゃんが必要な気がしたんです」

柊が口を噤ぐ。

一葉は水滴から柊に視線を転じた。

「それにしても不思議です。久ちゃんを苦手としている先生が、フォローしてくださるとは。なのに、預けてしまうことになってすみません」

「あ、いえ。気にしないでください。石原さんのいうことがあまりに身勝手だったので黙っていられなかっただけです。百瀬さんが納得してるのならそれでいいです」

納得、しているのだろうか。

浮かんだその疑問を振り払うかのように一葉はいった。

「仕事中は久太郎に会えていないのが普通なんです。石原さんのところにいたって何ら変わらないんですもん」

雨が強まる中、アパートに戻ってきた。駐車場から真上の石原の部屋が見える。ドアの横のキッチンの小さな窓から明かりが漏《も》れている。

部屋の前で柊と別れ、ポケットから鍵を出してドアに差す。

一拍置く。

あ。

そうだった……。

飛び出してくる久太郎はいないんだった。

ドアを開ける。

いつもより空気が湿ってひんやりしている。

ドアを閉める。

雨音が抑えられ、静けさの存在感が強まる。

玄関から上がったところの床板は、久太郎がいつも座って待っているところだ。すれている。そこに足を置く。死んだみたいに冷たい。

ドアの横のスイッチを押して明かりをつける。

白々と、空間が現れる。

部屋は、「ある空間」から「ない空間」に様変わりしていた。

部屋の壁際に寄せた防護柵の白い色が凛と際立っている。そばには綺麗《きれい》に洗った水と餌の入れ物、ペットベッドが片づけられている。

残る気配が、皮肉にも不在の輪郭《りんかく》を鮮やかに浮き上がらせる。

石原に防護柵などを渡そうとしたら、どうせ夜はそっちに行くんだから、と断られた。

「行く」とはいったが、「帰る」とはいわなかった。

結局、渡したものは、散歩紐《ひも》といつもの餌とおやつ。

「おやつは加減して与えてください。すぐに太ってしまうので。それから、たばこは久ちゃんのそばでは控えてください」

「分かってる分かってる。前の飼い主なんだから、どーんと任せなさいって」

石原は薄くて脆《もろ》そうな胸をどーんと叩いたのだった。

頭の上で、歩き回る音が響く。電話なのか、「逃げたって、ひと聞きの悪いことといわないでくださ〜い引っ越したんです〜。はいはいそのうち教えますから……はあい、分かっ……だから分かったっての」と次第に声がでかくなる。久太郎が吠えている。ひとが大きな声を出すと吠える犬である。よし、元気だ。

通話を終えたのか一時、静かになって、わあ、ナナ、鬼のような女だよアレは。ようなっつーかもはや鬼だよ、という爆発的な泣き言が聞こえてきて、それに対しても久太郎はワンワン吠えている。よし、元気だ。というか――。

うちにいるより賑やかだ。

一葉は外に出た。雨が滴《したた》る階段を滑らないよう注意して上がる。錆《さび》のにおいが鼻を突く。インターホンを押して間もなく、勢いよくドアが開いた。風に前髪が浮く。部屋の光が目を刺す。

彼自身からはたばこのにおいがしたが、部屋からはしてこない。久太郎がいる場所では吸わない約束を守ってくれているのだろう。

スマホを手にした石原の後ろから、久太郎がきゃああという悲鳴じみた歓喜の声を上げて駆けてきた。滑って転ぶもすぐに立ち上がって飛んでくる。一葉は石原を気にしつつ抱き留めた。

「雨降ってるから、まだ散歩してないんだ」

石原がスマホを操作しながらいい訳する。

「晴れたらオレが行くけど、今日はかなえさんが行ってくんない?」

「一葉です、百瀬です。分かりました」

久太郎を抱いたまま外に出てドアを閉めようとした時、

「ナナは雨でも平気みたいだ」

と、石原が呟《つぶや》いた。一葉が振り向くと、石原がスマホから視線を上げた。

「ずっとご機嫌だからさ。オレは気が滅入るけどね」

石原は、じゃまた明日、と一葉になのか久太郎になのか告げると、手を伸ばしてドアを閉めた。

地面から十数センチの高さまでが白く煙《けぶ》っている。雨の夜は闇《やみ》が深く、クルマのヘッドライトは遠くまで伸びない。

黄色い合羽《カッパ》を着た久太郎は、弾む足取りで進む。水溜まりがあると何が何でも入る。排水溝のふたに鼻を突っ込む。溝を流れてくる葉っぱを鼻で追う。一葉は久太郎の好奇心に従ってついていく。

「久ちゃん雨好き?」

声をかけると、久太郎は律義に一葉を振り仰ぎ、目を細める。そのまつ毛を合羽のフードからこぼれる雨が打つ。目の縁をなぞって流れていく。

久太郎にだってつまらなくなることくらいあるだろう。ただ久太郎はつまらない気持ちをすぐに手放す。つまらない気持ちに浸り続けているのが性に合わず、飽《あ》きるのだろう。

その割り切り方たるや目からうろこの思いがする。

「久ちゃんは雨でも、落ち込まないんだねえ」

自分が落ち込まなければ、世界はいつだって晴れなんだ。


部屋に入って、久太郎の合羽を脱がせて下足箱のフックに引っかけ、体が濡《ぬ》れていなくてもまずは久太郎をペット用のシートで拭く。いい子だね、と褒めると、本当に久太郎は「いい子」になり、ゴシゴシしてもらう間、四肢《しし》を踏ん張ってじっとしている。

いつもの雨の日の散歩終了作業が終わると、ブルブルと体を震わせた後、久太郎は壁に寄せられたペットベットへ直行して、これぼくのです！　というように陣取ってこっちに向かって胸を張った。

一葉が風呂から上がってくると、久太郎はペットベットで眠っていた。いつもは浴室の前で一葉が上がるのを忍耐強く待っているか、リビングでクッションを噛んで振り回しているところなのに。

「久ちゃん、疲れちゃった？」

そっと、独り言をこぼす。その安らかな眠りを妨げないよう細心の注意を払って。

社割で買った小説を開く。竹原智樹という盛岡市出身の作家が描く恋愛もので、明るくる。爽《さわ》やかな雰囲気でスタートした話は途中から悲恋を匂わせ始めた。清水との思い出がかぶる。

雨の音と読書はよく合う。

静かで、繊細な物語は、夜に降る雨によく馴染《なじ》む。この作家は、独特の言葉を使うが、それが自分の感覚とぴたっとはまることがある。まるで一葉自身が考え出した言葉のように、そうそう言葉にするとそれです、という表現に出会う確率が高い。

読みながら久太郎のお腹《なか》が上下するのを見守る。お腹の毛が伸びをするようにふわあっと広がり、久太郎自身を大事に包み込むようにシュウと萎《しぼ》む。

仕事中は久太郎に会えていないのが普通で、石原のところにいたって何ら変わらない、といったものの、違う。変わる。ずっと自分ちにいて帰りを一途に待っていてくれるのと、そうではないのとでは、気持ち的に違いはあるらしい。

朝になれば久太郎をこの部屋から連れ出さねばならない。

一葉は本を閉じる。

久太郎は、起きることもそばに来ることもなく、くーくーと規則正しい寝息を立てている。

雨の日はよく眠れる。

上からの音は聞こえない。

彼は今、ひとりだ。

夜になると、寂しさが幅を利かせてくるのは、一葉は身をもって承知している。

一葉は電気を消し、ベッドにもぐり込んだ。

一時預かり形態を続けて数日。

出勤前に預ける時、初めの頃こそ置き去りにされると知った久太郎は、目の上の眉の辺りをくぼませて鳴いたが、久太郎を抱いた石原がその前足を振って「いってらっしゃーい」と送り出せば、そういうもんかと納得するのか尾を振って見送るようになった。

あの日から、日中は晴れ続きなので一緒に散歩に行っていない。

雨が降ればいい、と思う。そう望んでしまい、それはよくないことのような気がして、打ち消す。

一方で、久太郎を預けることに首肯したのはあくまで『一時』という限定だが、もし、朝晩も久太郎と一緒にいたいと申し出られたら、断れるだろうか。断りきれずにそういうことになって、結局は久太郎もいなくなってしまうかもしれないと心配もしている。

自分の気持ちをすっかり持て余していた。

仕事のある日はまだマシだ。

きついのは休日である。

久太郎がいない休日をどうやって、何を考えて過ごしていたか五年より前のことが思い出せない。ひとは、上書きされると前に戻れなくなってしまうのだろうか。

その日、買い物から帰ってくると、二階から石原の楽しそうな声が聞こえてきた。

部屋に荷物を置いて、階段を上がる。

空色のクルマが駐車場に入ってくるのを目の端に映しながら、外廊下に漂う錆のにおいがする湿った空気を縫うようにして奥の部屋の前に行き、インターホンに指を伸ばす。

押す前にドアが開いた。一葉は意表を突かれて瞬きをする。

「階段上がってくる音が聞こえたもんで。インターホンって響くじゃん」

「あ、はあ」

指を引っ込める。

久太郎が駆け寄ってこないので、不躾《ぶしつけ》とは思いつつ部屋をさりげなく覗く。カップ麵《めん》とか弁当の空き容器とか、あふれ返っている図を想像していたが、意外にも、ゴミは見当たらない。キッチンに小さな四角いふたなしのプラスチック製のゴミ箱があるが、一葉の位置からだとそれにゴミが入っている様子は見られない。

ドアが開け放たれたリビングが見える。ソファーやローテーブルの間に雑誌やら本やらコピー用紙が散らばっている。そこに久太郎がいた。床に敷いた薔薇《ばら》の模様の膝かけに伸び伸びと平べったくなって眠っている。

「ナナ、寝てんだ。起こしたくないんだよ」

「……分かりました。もし鳴いたり……」

言葉が続かない。他の「もし」が思いつかない。

「何かあったら呼んでください。夜中でもいつでも、私は来ますから」

携帯電話の番号を交換した。外に出るとすぐに背中でドアが閉められる。振り返ってドアを見つめる。

——久ちゃんに、私はもう必要ではなくなったのだろうか。

空手でおりてきた一葉に、身を屈めて助手席からジャケットとカバンを取って体を起こした柊が怪訝《けげん》な顔を向けた。

「眠ってるので、そのまま戻ってきました」

一葉は聞かれてもいない弁解をする。柊は黙っている。一葉は足元を見る。スニーカーのつま先が、泥水が浸《し》みたように汚れている。柊の視線をまぶたの辺りに感じる。

「石原さんには久太郎が必要だとか、久太郎の元飼い主だとか、理屈をつけて納得するようにしても実は、また失ってしまう、と危機感を持ってる自分が奥のほうに隠れてるんですよ。それが本当の気持ちのような気がします。卑《いや》しいですよね、私」

柊が、また、と一葉の言葉をなぞる。

「卑しいだなんてそんなことはないでしょう。だって百瀬さん、いったじゃないですか。誰かを想うことは尊いって。オレにだって想うひとはいますし――。そのひとは全く気づいた様子はないですけど」

一葉は柊を見上げた。

柊の真顔がそこにある。

月も星も消した梅雨の重たい夜と、しんとした冷たさが胸ににじみ広がり、奥深く浸透していく気がする。

一葉は、ひょっとしたら自分は、イタイ勘違いをしていたのかもしれない、と閃《ひらめ》いた。柊は自分のことを、ただの隣人としてだけでなく少しは心に留めてくれているのではないか、と自惚《うぬぼ》れていたところがあったようだ。おまけに自分も、ひととして敬意を持つというだけでなく、彼に惹《ひ》かれ始めていたのかもしれない――。

なんてことだ。彼には想うひとがいると知らされるや否《いな》や、自分の気持ちに気づいてしまうとは。

ホームラン級の羞恥《しゅうち》と傲慢《ごうまん》な勘違いと自分の心中を悟られたくなくて、

「そうですか。お相手の方、早く気づかれるといいですね」

と、冷静を装った。

柊の顔が引きつる。

「百瀬さん、ひょっとして勘違いされました？」

一葉は一気に赤くなる。勘づかれた！

「すみません。ですが理解しました」

「いや分かってないですよね。ものすごい変化球であさっての方向へ向かってますよね」

柊は一葉の顔を覗き込んで、緊張した面持ちになる。

「百瀬さん、オレは」

そこまでいった時。

「だから、好きだっつってんだろ！」

二階から怒号が降ってきた。柊がつんのめって、一葉の両腕につかまる。一葉は倒れないように足を踏ん張る。ふたりで同時に石原の部屋を振り仰いだ。

「昨日今日好きになったわけじゃねえんだ。そう簡単に諦《あきら》めるかっ」

一葉と柊は毒気を抜かれたような顔を見合わせる。一葉は自分の顔が赤くなっているのを自覚した。

わおおおん！　と久太郎の共感の遠吠えが響く。

柊は一葉の両腕をつかんでいることに気づいて、ふわっと手を放した。すみません、と謝る。いいえびっくりしましたもんね、と一葉は一般的なフォローをする。

わんわんわわーん！

一葉は少し笑った。

「久ちゃんも石原さんも、絶好調ですね」

柊も苦笑いに近い笑みを浮かべる。

「ええ、バリバリ元気のようです」

「じゃあ、おやすみなさい」

あの、と柊が何かいいかけたが、気づかなかったふりをして、踵《きびす》を返した。

ドアを開け、中に入りドアを閉める。背中を預けたドアは硬くて冷たい。

両腕に残る圧力は温かい。

想う誰かがいるひとから受けた圧力とぬくもりが与えてくるのは、空しさだ。

下足箱の横に引っかけてある合羽がしょんぼりと萎んでいた。本棚で小説がパタリと倒れた。嫌になるほどよく聞こえる。

深く息を吸い込んで縮こまっていた肺を目いっぱい膨らませ、ドアから背中を離した。

リビングへ入る。

カーテンを少し開けて窓の外を見た。密度の濃い霧が辺りを覆《おお》っている。桜は青い葉をしっとりと濡らしている。

雨は寝しなに降りだした。

その晩、電話は来なかった。


数日後の、曇天《どんてん》の蒸し暑い日曜日の昼下がりだった。

お客が多い。

『推《お》し本　盛岡出身作家が手がける　心震わせる物語特集!!』と題した大きなポップを立ててコーナーを飾った後、今日は真っ直ぐ家に帰らず、南部に寄ろうと考えながら立ち去りかけると、本棚のひとつ向こうを一葉と行き違うようにして背の高い男性がコーナーに歩み寄った。

石原である。彼はコーナーを視線でなでると、平積みの本を手に取った。

一葉は思わず声をかけていた。

振り向いた石原は、長エプロンをしてペンを胸元に数本差し、緑色の滑り止めのついた軍手をしている一葉をまじまじと見る。

「へえ、普通に書店員なんだ、しんせーん」

「ここで石原さんとお会いするなんて。私も新鮮な感じがします」

歩美なら「あんたここどこだと思ってんのパチンコ屋と間違えてんじゃない？」のひと言くらいは投げるだろう。

「仕事で使う資料をね」

石原は、小脇に抱えた本を視線で示す。

ナナの散歩ついでに寄ったというので、表を見ると、自動ドアの向こうの外灯にリードでくくりつけられた久太郎が、通行人に漏れなく愛嬌《あいきょう》を振りまいているのが見えた。その足元には、スコップの柄《え》が突き出たビニール袋がある。

一葉は、石原が盛岡市出身の竹原智樹の本を手にしていることに気づいた。彼はそれをコーナーに戻そうとした。

一葉が石原をじっと見ると、プレッシャーを感じたのか、石原は渋々といった体《てい》で踵を返しレジへ足を向ける。一葉はその背に「お買い上げありがとうございます」と一礼した。

店を出る彼を見送る時、「何時に終わる？」と聞かれ、「今日は早出シフトなので、五時上がりです」と答える。

あそう、だったら散歩コースを回ってまたここに寄るから、と石原は出ていって、一葉の終業時刻頃に再び通りかかった。うんち袋とは反対の手に、盛岡書店の袋と、たばこワンカートンと赤いリンゴがいくつか入ったコンビニのレジ袋を提げている。

久しぶりの久太郎との散歩だ。久太郎は何度も一葉を振り返る。浮き足立っているのが客観的にも分かる。

「はは、すげー嬉しそう」

石原が目を細める。少しだけ寂しそうに見えたのは、久太郎の現飼い主としての欲目だろうか。だからつい、いった。

「多分、石原さんと散歩している時も嬉しがっていたはずですよ」

「だろうね」

石原は久太郎の揺れる尾に合わせてリードを揺らす。

久太郎は一葉と歩いた散歩コースを辿《たど》っている。ルートを変更しないことが嬉しい。琥珀《こはく》色の光が、ゆったりと流れる北上《きたかみ》川に溶け込んでいた。ビルが密集している菜園通りよりずっと涼しい。背の高い草が川風にしんなりとそよいでいる。

石原がポケットに手を入れてたばこを取り出す。久太郎をつなぐリードが引っ張られると、彼はたばこをしまった。それから久太郎にブラシをかける。

ブラシにはもう一匹の久太郎が作れるほどモッフリと毛が絡まった。それをひっつまんで別のビニール袋に入れる。手をパンツに擦《こす》りつける。パンツが毛だらけになるが払い落とすことはない。

水飲みも兼ねた水道で手とリンゴを洗うと、丈夫そうな歯をリンゴに立ててかじり取る。歯型のついたリンゴを一葉に差し出す。一瞬躊躇《ちゅうちょ》したが、受け取って反対側をかじった。

「リンゴ、お好きなんですか」

リンゴを返す。石原はリンゴを見ずにまたかじる。柊先生とだったらこれをできるだろうかと考える。できそうにない、分からないけど。

「なんで?」

できそうにない理由のひとつは、彼を意識しているから。もうひとつは、想う相手がいるひとだから。

石原さんに対しては全く意識しない。石原さんが意識させないのだろうか。ひとつのリンゴを赤の他人と当たり前のように分け合い、他人にも自然に受け入れさせる力がある。不思議なひとだ。

再び差し出されたリンゴをかじって返す。口の中のものを飲み込んでからいう。

「初めてお会いした日もリンゴをかじってらっしゃいました」

「ああ。好きっていうか、ちっさい頃から食ってるから、オレにとっては米みたいなもん。で、米より楽。皮剝かなくてもいいし、調理も必要ないからすぐに食えるし、ゴミも芯くらいだし、分別しなくていいし。片手で食べられて、水分と糖分とビタミンをいっぺんに摂《と》れる」

「リンゴにありったけの期待をしてますね」

また差し出されたが、お腹いっぱいですごちそうさまでした、と遠慮した。あそう、と石原は引き取ってかじる。

「関東はすでに梅雨明け宣言が発表されたらしい」

穏やかな川の流れを目で追う。長めの髪がそよそよと揺れ、斜め後ろから見える彼の目を遮《さえぎ》って、何を思っているのか読ませない。

「こっちもそろそろ明ける気配がありますね」

盛岡書店の袋に目を留める。数冊の本が透けて見えている。

「さっき、お買い上げになった竹原智樹の本は恋愛小説ですよ」

「ああそうね」

川下を見やる彼は、本を一瞥さえすることなく、ぼんやりと返事をした。

「恋愛小説、お読みになるんですか」

石原は特に返事もせずリンゴをかじり、芯を川へ向けて投げた。『ゴミを捨てるな』の注意書きの上を通り越して音もなく川へ落ちた。


アパートの駐車場で柊がデニムの裾をまくり上げ、ホースとブラシを手に洗車していた。ホースはガムテープで補修されている。久太郎がかじったからである。

柊がふたりを見比べ、足元の久太郎に目を向けた。水が、項垂《うなだ》れたホースの先からダバダバとあふれて、アスファルトに広がっていた黒いシミをさらに肥大させていく。

妙な間の後で、柊が口を開いた。

「散歩、してきたんですか」

久太郎が足元に流れてきた水を舐めようとした。石原がリードを引いて阻止する。

「盛岡書店にご来店されて、その流れで」

一葉が説明する。なぜかいい訳がましくなってしまう。

石原が一葉の肩に手を回して、楽しかったねえ、というと、ホースが鎌首《かまくび》のように持ち上がり石原の顔面に水が噴射された。

石原が悲鳴を上げて、一葉の肩と久太郎のリードを放り、手をかざしながら顔を背ける。

「ちょっとセンセー何してくれんの！」

「すみません、手が滑りました」

顔色ひとつ変えずに淡々と柊が謝る。一葉はリードを拾い上げ、ポケットに手を入れた。

「石原さん、これどうぞ」

ハンドタオルを差し出す。顔から水を滴らせた石原が受け取ろうと手を伸ばしたところ、柊がその横顔目がけて水を放つ。

「放っておいたって乾きますよ」

「乾くわけないでしょ、水ぶっかけられ通しで！」

「気合で乾かせるでしょう」

「ちょっと何このひと、いってることがひとっつも分かんないんだけど」

逃げ回る石原を、水が追いかける。

駐車場の前にタクシーが停まった。コツ、という硬い音が周りの建物に反響する。久太郎が通りに向かってワフッと吠えた。

一葉が見やると、黒いパンツスーツの小柄な女性がヒールの音を高らかに響かせてこっちへやってくるところだった。

顎までのストレートの黒髪には艶があり、幅の狭いスクエア眼鏡をかけている。眼鏡はアイスリンクのように磨き上げられていた。

近づくにつれ、その目が徐々に見開かれていく。見つめるその先にいるのは、逃げ回る石原。

「たーけーはーらとーもぉきぃぃぃ！」

女性にしては圧巻のハスキー声で怒鳴り、鬼のような形相で猛ダッシュで迫ってきた。

石原が片足を上げたまま女性を振り向くと、「は、長谷川《はせがわ》っ」と叫ぶが早いか身を翻《ひるがえ》し、アパートの階段を駆け上がる。

長谷川と呼ばれた女性は、ヒールをはいているにもかかわらず、広い水溜まりを華麗《かれい》に飛び越え、猛然と追いかける。その後ろを久太郎が吠えたてながら追いかけ、一葉がリードに引っ張られて走り、柊が続く。

階段を駆け上がった視線の先、ドアが開けっ放しになっている石原の部屋に久太郎が滑り込む。

「この馬鹿《ばか》竹原！」

長谷川の声が響いた玄関に飛び込むと、石原がキッチンの壁に背中を押しつけており、その正面に長谷川がこっちに背を向けて仁王《におう》立ちになっていた。

石原の一層青ざめた顔色は、人間がしていい色じゃなくなっている。長谷川は、小柄な全身から、『馬鹿竹原』ではなくともうっかり謝りかねないほどの迫力を醸《かも》し出していた。

「分かった分かったっつーばかりで一向に原稿は送ってこねえ、マンションはもぬけの殻《から》、メールも電話も無視、やってくれれんじゃねえか、ああ!?」

久太郎がふたりの顔を見比べて、周りを行ったり来たりしていた。

一葉が小声で呼んでも、久太郎は自分の今一番の役目は仲裁であると自負しているらしく、決してその場から去ろうとしない。

「書くのが嫌になったのか」

長谷川の詰問に、石原は視線を落として口の端から白い歯をこぼした。その笑みは間違いなく嘲笑だった。

久太郎を返す返さない、一時預かりにする、などでもめ、のらりくらりと話の焦点をずらしていた時に見せたあの嘲笑と同じ。誰に向けての嘲笑だろうという一葉の疑問は解けた。それは、一葉にでも柊にでもなかった。現状の自分自身への嘲笑だったと。

「好きだっつってんだろ。何っ回いわせんだ。好きだけど書けなくなることだってあんだよ。おめぇだって、いくら好物でも焼肉食えなくなる時があるだろ」

「ねえよ」

「ねえのかよっ」

長谷川が組み合わせた手の中で、指の骨を順番に鳴らす。

石原の踵《かかと》が壁にひっつく。

「よ、よくここが分かったもんだ」

「出版社の作家探索力をナメんなよ。金とツテさえありゃどうとでもなるんだよ」

石原は舌打ちする。

「それに、ひとってのは、大概失恋しただのスランプだの、もしくは失恋だのスランプだのまたは失恋だのスランプだのでにっちもさっちもいかなくなると、馴染んだ場所に帰ろうとするもんだからな」

一葉は薔薇模様の膝かけに注目する。久太郎の毛まみれ。毛に包まれた薔薇。

長谷川は、散らばっている用紙を一枚拾い上げて目を落とした。

「ふん、一応は書いてみたりはしてるってわけか。どうしようもない駄文だけどな」

こきおろしてペッと床に放り、よじれた膝かけに目を留める。手を伸ばしたが、石原の、「触んな」のひと声であっさりと引っ込めた。

「そこまでひとの心が分かってるなら、編集に甘んじてねえで長谷川が小説書けば」

石原がそう吐き捨てるが早いか長谷川が石原の胸ぐらをむんずとつかんだ。

久太郎が吠える。

咄嗟《とっさ》に一葉は靴を脱ぎ捨ててふたりの間に入る。

石原しか見ていない長谷川に押しのけられそうになる。

柊が長谷川の腕を押さえる。

長谷川は一葉にも柊にも一瞥もくれない。見つめているのは石原ただひとり。

「いいかよく聞け、ボンクラ作家。あんたが書くんだよ。あんたがあんたの言葉で書くんだ」

「だから書けねーってんだよ、何にも書けねんだ、なんべんもいわせるな」

「それはあんたが身の丈に合ってねえことをやろうとするからだ。あんたの読者が望んでいるのは、理路整然とした小説でも、宝石のようなピカピカした美辞麗句《びじれいく》でもない。竹原あんた何で作家になった。作家っていう肩書きがほしかったのか、それとも誰かに何かを届けたかったからなのか」

石原の喉《のど》がぐう、と鳴る。

編集者はそれを答えと捉えたようだ。

「届けたいものがあったんだろ。なのになんだこのざまぁ。グダグダグダグダいう資格は今のあんたにはない。作家の端くれなら、書けないなんて甘えが許されると思うな。しんどい時こそパソコンに向かえ、一文字でも打て、今の失恋をネタにするのが作家だろ、身い削って面白いもん書きやがれ！」

突き飛ばす。一葉は石原を支え、何てことするんだ、と長谷川を見据えた。そこでハッと息を飲む。彼女の目の縁は赤く、目元は厳しく緊張していた。顔色は青ざめている。要するに、ひどく傷ついている顔なのだ。

長谷川は寝室のドアを開けた。たばこの甘苦いにおいが流れてくる。

そこにパソコンがあるのを確認すると、石原を引きずってその部屋に蹴り込んだ。

勢いよく倒れた石原は床を滑って奥の机に頭をぶつける。ゴン、とお手本のような音が響き、久太郎がワンと返事をした。

「いいか書くまで出さねえからな」

長谷川が宣告してドアを閉め、寄りかかった。

「えええっ。嫌だ、出せぇぇぇ」

ドアが滅多打ちされ、長谷川の体が揺れる。

「無理矢理出ようとするものなら、膝かけに火ぃつけてやっから」

長谷川の言葉に、ドアの揺れがぴたりと収まる。

「ちょちょちょっとまじで、長谷川サン、出れないとか出さないとかはないでしょ。長谷川ちゃん、長谷川様、機嫌直して。あれもしかしてお腹空いてるんじゃないかな？　だからイライラしてらっしゃるんじゃないかな？　ご飯奢《おご》るから、ね？」

懇願にも哀願にも反応しない長谷川女史。

「あの」

一葉はドアと長谷川を交互に見る。大丈夫なんですかこれ、と目で問うと、彼女は声をひそめることもなく「ろくな才能もねえくせして、こんなに手こずらせる馬鹿作家はこいつが初めてですよ」と吐き捨てた。

「はあ!?　おい今なんつった。てめえ長谷川っ」

ドアの向こうから怒りがぶつけられる。

「他にどういえってわけ、この状況で。一個二個ヒットさせたからっていい気になるなよ。いいたいことは、出す作品すべてホームラン打ってからいえ」

「くそっ、ぐうの音も出ない……」

ドアが擦られる音が上から下へズルズルと移動していく。

長谷川が小さくため息をつく。それはドア越しなら石原には決して気取られないだろう大きさだ。

「見栄張ったり、気取ったりしないで今の竹原智樹の最高を出せ。それ以上は望まない。文句も罵詈雑言《ばりぞうごん》も書き上げてからいくらでも聞いてやる。ネタがないとはいわせない。女に捨てられたての今がまさに書き時だ。鉄は熱いうちに打てっていうだろ」

「そんなことわざのはめ方があるかっ」

「時間がたってからじゃ生ぬるくてダルいものしか、てめえじゃ書けないんだよ。リアルなものを、傷が乾く前に書け」

鬼だ、と一葉は呟く。

鬼だ、と柊も呟く。

束の間反応がなかった。ドア一枚隔てた向こうで怨念のようなものが薄れていくような気配がある。少しして、足音が遠ざかり、椅子《いす》の軋《きし》む音が聞こえた。

「いいか、覚えとけ。原稿もらうまでは帰らないからな。忍耐強さなら編集に勝てる作家はいねーんだ」

長谷川はドアから身を離し、素早くゴム製のドアストッパーをドアと床の隙間《すきま》に噛ませる。その上で、ローテーブルを置き、キャスターつきハンガーラックを据え、キャスターをガッチリロックして固定した。書かない限り外に出さないという長谷川に二言はないらしい。

本気だ、と一葉はつばを飲む。

本気だ、と柊は背筋を伸ばす。

久太郎は三人を見上げてあいまいに尾を振る。

長谷川が、さっと一葉たちに向き直った。一葉と柊は半歩後ずさる。長谷川はバッグを探って革の名刺入れから名刺を二枚抜くと、慣れた手つきでそれぞれに差し出した。

「お騒がせして申し訳ございません。あたし、こういう者です」

両手で押しいただいたそれには。

『株式会社　集英出版　編集　長谷川朱里《あかり》』

「竹原は……本名ですと石原智弘ですが、作家の竹原智樹はあたしが担当しております」

ふたりの攻防から察しはついていたが、改めてそう聞かされると驚いてしまう。竹原智樹は恋愛小説を多く手がける作家だ。郷土作家コーナーを設けて既刊を積んだばかり。しかも先日まで読んでいた。おまけに本人に著書を買わせてしまった。

顔を、一度や二度はメディアで拝見したことがあるはずだった。その時はひげもなく、さっぱりした身なりだった。体型はふっくらして、画像や写真からにじみ出る雰囲気も柔らかく穏やかだった。それが今やボサボサ頭でひげを生やし、痩《や》せこけてやさぐれた雰囲気を放っている。風貌《ふうぼう》がまるで違っているのである。

「すみません。気づきませんで」

おまけに石原があああいう繊細で、ひとの気持ちを深く掘り下げる作品を書いたとはにわかには信じがたい。

「謝らないでください。顔出しも少ないですし売れっ子というわけでもないので、コアなファン以外は、ご存じないのは無理からぬことです」

さっきまでの鬼のような気配はみじんもない。慇懃《いんぎん》で落ち着きがあり、ものいいは穏やかだ。

久太郎がふんふんと鼻を鳴らして長谷川の足元を嗅《か》ぐ。一葉は久太郎を引き離す。

「さっきから気になってたんですが、竹原が飼ってるワンちゃんですか？」

「あ、ええと……」

いきさつを話すと、長谷川は納得した。

「癒《いや》しになってたんですかね。また百瀬さんの元に戻すつもりならいいですが……。犬を飼い始めたということは、ここにずっといるつもりなのかと危惧《きぐ》したものですから」

ここに、というのは、単純に盛岡という場所のことだけではないような気がした。スランプの底、というのも含んでいるのではないだろうか。そんなことが彼女のもどかしそうな横顔から窺《うかが》えた。

「あたしはここで張ってますから、どうぞお帰りください。大変お騒がせいたしました」

長谷川に再度頭を下げられると、一葉と柊にこの場に留まる理由はない。柊は戻りましょう、と一葉にいった。

久太郎は、バリケードを設置したドアを見据える女史の前をウロウロしている。一葉が、久太郎また来るね、と声をかけると、顔をこっちに向けて耳をピンと立てた。凛々《りり》しい顔をしている。石原さんのこと任せたよ、と目で伝えて、柊と石原の部屋を出た。

梅雨の風がゆるりゆるりと吹いてくる。ふたりは同時に深呼吸した。

「すさまじい」

柊が苦笑いする。

「ほんとですね。うちの書店でもサイン会を催すことがあるんですが、その時の作家さんと編集さんのやり取りは、もっとこう、穏やかで終始和《なご》やかな雰囲気があったので、そういう雰囲気のまま原稿のやり取りをしていくのだとばかり思っていました」

「相手が石原さんですからねえ」

柊は長谷川のほうに一定の理解を示す。

「長谷川さん、かなり激高されてましたね」

「それだけ彼への期待値が高いんでしょう」

「柊先生も生徒さんにはそうなんですか？」

「まあ、期待していればどうしても力が入ります」

柊は視線を落とした。

岩手山《いわてさん》の向こうに日が沈むと、空が、あんず色と藤《ふじ》色のグラデーションに変わった。

桜の木の周りの雑草をむしっていた一葉は、キリのいいところで終《しま》いにしようと腰を上げる。

長谷川が階段をおりてきた。黒い長財布を手にしている。

「石原さんの調子はいかがですか？」

軍手をはずしながら尋ねる。

「まああですね」

「それはよかったです」

「時々唸《うな》ったり叫んだりしてますので」

「…………おふたりともお腹空いてませんか？　何か買ってきましょうか。長谷川さんは石原さんを見守ってなきゃいけないですものね。あ、それとも出前にしますか？」

見守りというか見張りですね、と長谷川は二階を振り仰ぐ。顔が心配そうに歪む。

顔を戻した時にはキリッとした面持ちに戻っていた。

「そこのコンビニから買ってこようと思ってましたが」

「何を召し上がるんですか？」

「豚の角煮です」

すぐに答えが出てくることに、一葉は目を見張る。

「東京にいた時は勝負時に、お気に入りの店から出前してもらっていた角煮があったんですが……今回はコンビニの真空パックになってるやつで我慢してもらおうかと……」

顔を曇らせる。

「でも前にそれを出したらこんなもん食えるかーって」

「投げつけられたんですか？」

メソメソと泣かれました……と遠い目をする。

「向こうにいた時と同じ……いや、近い角煮があればいいんですが」

一葉は束の間考え込んだ。迷いに迷って、おずおずと口を開く。

「方法がないわけじゃないんですが」

「どういう方法ですか？」

長谷川が切羽詰まった顔で迫る。

一葉は柊の部屋のインターホンに伸ばした指を宙で止める。二階を見上げ、その手を握り、ドアをコン……コンコンと打った。音はアパート全体に響くことなく丸みを帯びて留まる。

出てきた柊に、今のやり取りを話すと、柊はキョトンとして自身の顔を指した。

「え、オレですか？」

「料理家さん、だったんですか？」

半歩後ろに控えていた長谷川が尋ねる。柊がそちらを見る。

「いえ、家庭科です」

「家庭科」

「教師やってるってだけで」

「柊先生は私のポトフの時、まさにその時の私にものすごくぴったりのものを作ってくださったんです」

一葉の紹介に、長谷川の目が輝きだす。

「本当ですか」

柊が首の後ろに手をかけ視線を落とす。

「百瀬さん、あれは……」

遠慮する気持ちもあったが、しかし、ひと助けだ。歩美もいっていたが『うちらはそろそろ図々しくならなきゃ』だ。

「柊先生、石原さんと長谷川さんの力になりましょう。私お手伝いします。作っていただけませんか。お願いします」

「お力を貸してください！」

一葉と長谷川に頭を下げられ、ひとに食べさせるのが好きだという柊は、首の後ろにかけていた手を解いて、あ、まあ、やってみますが、と頷いた。

長谷川はシェフの気が変わらないうちにと急《せ》くようにスマホを操作して、彼の眼前にずいとかざした。

「これが出前をいつも頼んでいる店のサイトです。ご参考になればいいのですが」

柊は頭を引いて焦点を合わせるとすぐに、ああ、と小さな声を上げた。

「この店なら知ってます」

「本当ですか？」

「……前にこの辺に住んでいたことがあるので」

一葉は、スマホを見ている柊を見る。

そうか。柊先生には柊先生の、ここではない人生があったのだ。このひとはどういう人生を送ってきたのだろう。そして、想いを寄せるひとはどんなひとで、今どこで何をしているのだろう。

そう考えてしまって、また胸が冷たい痛みを発した。

「この材料ならこちらでも揃うし、スパイスは先日手に入れたもので間に合いそうです。圧力鍋もありますし」

「じゃあ、あたし買ってきます」

「あ、待ってください。材料を今書き出しますから」

部屋の奥へ引っ込む。メモ用紙とペンを取りに行ったようだ。長谷川が家の奥に向かって、

「あの、すみません、キッチンなんですが、竹原んちのキッチンには道具がろくなものが揃ってないみたいで」

「お気になさらず。うちで作りましょう」

一葉がいうと、待ってましたとばかりに、

「それは助かりますほんとにすみませんよろしくお願いいたします早速店に向かうので必要な材料は名刺にあるスマホのアドレスに送ってください！　万一、竹原が脱走しようとしたら息の根止めない程度で何をしてもいいですから捕まえてハウスしといてください！」

と、駆けだしていく。その背中に一葉は「スーパーのほうが揃いますよー」と教えた。

長谷川が駐車場から出て左に曲がって見えなくなると、柊に向き直る。

「先生、すみません、巻き込んでしまいまして」

「いえ、全然構いません。調理ですが、別にオレのところでも構いませんよ」

端整な笑顔を向けられる。一葉はその細められた目から、反射的に目を逸らしそうになったが堪《こら》えた。

先日から胸をモヤつかせていることに引きずられているのを自覚しつつ、ことさら明るい表情をする。

「私がいいだしたんですから。急に料理してほしいと頼んでる時点で充分、度を越えている自覚があるんです。これ以上は甘えるわけにいきません。汚れるし、ガスとか使うんですから。あ、そうそう。この前買ったばっかりの圧力鍋。あれまだ使ってないんです。いよいよ出番がきたということですね」

豚肉は岩手県産の白金豚《はっきんとん》。臭味がなく肉質がきめ細やかで、特に脂身《あぶらみ》に旨味が詰まっている。それをゴロゴロとぶつ切りにしていく柊の傍《かたわ》らで、一葉は生姜《しょうが》とニンニク、それから味の最大のポイントであるリンゴをすりおろす。

ふと視線を感じて顔を向けると、柊に手元を見つめられていた。一葉はささやかに眉を寄せる。

「先生、大丈夫ですから」

「ああ、すみません」

「信用してくださいよ」

「指、気をつけてくださいよ」

「大丈夫ですって」

「ちょっと後ろ通りますね」

「はあい。ボウル、取ってもらっていいですか」

「はいどうぞ、砂糖は」

「これです。シナモンのふた開けときますね」

ポトフを作った時より、ぶつかったりまごついたりしなくなっている。

リビングから見守る長谷川がふふっと笑う。

「おふたりはおつき合いが長いんですか」

ふたりは顔を見合わせた。柊の目がわずかに見開かれる。一葉は長谷川を振り向く。

「長くはないです。今年の春に知り合いました」

つき合うとはご近所づき合いという意味だと一葉は捉えて、ですよね、と柊に振る。柊は少しの間の後で、ええ、と穏やかさを保って答えた。

「へえ。とてもそうは見えないです」

一葉と柊の視線が交差する。

今頃になって、料理に集中していて、モヤモヤしていたことに邪魔されたり思考が滞《とどこお》ったり変に遠慮したりしなかったことに気づいた。

一葉は改めて長谷川に笑みを向けた。

「——長谷川さんは石原さんと長いんですか？」

圧力鍋から蒸気が上がり、ふたのおもりが揺れ始めた。柊がガスを絞る。

「デビューしてから六年、ずっと担当です。彼の作品が応募作で上がってきた時、一読して絶対にこの作家を世に出そうと決めました。すぐに担当に名乗りを上げました。竹原にはまだいってませんが今、海外の翻訳家だの映画監督が彼の作品に目をつけてます。水面下で動き始めているんです。今が勝負時です。失恋だスランプだというものに引きずられて、ここで潰れるわけにいかないんです」

拳《こぶし》が握られていく。一葉はその拳から視線を上げた。

「そのことをお伝えしたほうが、石原さんのやる気をもっとかき立てることができそうですが」

「だと思います。でも、餌をぶら下げて頑張らせたくはないんです。あの男は感覚で書いてます。餌のあるなしに左右されずに、自分の内側からつき動かされるものに従って書いてほしいんです。それに」

鬼編集は初めて照れくさそうに笑った。

「すごく子どもっぽくて恥ずかしいんですが、まだもう少し、あたしだけの秘密にしときたいんです」

健やかな八重歯が覗く。

一葉は頷いた。

余分な脂を取り除くために火を通した豚肉をザルに空ける。重い鍋にお湯と肉の重量が加わっている。持ち上げた柊の腕に太い筋が浮き上がった。肉のにおいが溶け込んだ湯気がもうもうと上がって、世界を真っ白に攪乱《かくらん》し、呼吸さえままならなくさせる。

湯気が晴れると、何ら変わらないキッチンの光景と柊がいて、一葉はひそかに安堵する。

「竹原って、雑で軽くてスカスカに見えませんか」

柊が肉を水洗いし、一葉は、以前教わった通りの包丁の持ち方で、大根の皮を剝き、輪切りにしていく。

「柊先生はウェハースだっておっしゃっていました」

「百瀬さーん」

余計なこといわなくていいですからー、と釘を刺しながら柊は手を動かし続ける。

長谷川がわずかに目を細めた。

「そういう風に無理して自身の傷をごまかしているんです」

「ふり？　ふりであれだけ適当にできるものですか」

柊が本心を吐露する。長谷川が苦笑いする。

「ええ、本当の竹原は繊細で純粋なんです。だからこそ今は、自分すらごまかさないと瓦《が》解《かい》してしまうんでしょう」

一葉はつい天井を見上げる。

「転んだらタダで起きずに、転んだことを原稿に落とせればいいのに、今はそれ以前の起き上がることさえ苦労している。だけどスランプの時こそ、淡々とペンを動かさなきゃいけない。感情にとらわれて書けなくなったのなら感情と自分を切り離すすべを身につけなくちゃいけない。スランプの時は成長の時です。次のステージに上がるために今の経験は、彼に必要だったんです」

編集者は目に力を込めてそう断言した。

すりおろしたリンゴなどの調味料をボウルで混ぜ合わせる。

タレの味を確認した柊が検討する。

「この時期だと、少し辛くしたほうがいいかもしれませんね」

もったりして鬱陶《うっとう》しい季節だ。

タレをすくったスプーンを差し出され、反射的に受け取っていた。持ち手が温かい。スプーンに溜まるタレは濃いあめ色をして光の粒をキラキラと反射させている。

スプーンを渡した柊は、すぐに鍋に集中する。一葉はスプーンと柊を見比べた。

自分がこだわってしまう理由も自覚している。それは彼に知られたくはない。ごく自然にスプーンを差し出してくれた柊に倣《なら》って、なんでもないことのように口に含む。吟味《ぎんみ》しつつ静かにスプーンをおろした。

「確かにこの時期なら、たいていの方にとってはもう少し辛いほうがいいかもしれません」

と同意してから、

「ところで先生は、失恋したことがありますか」

ポツリと聞いた。

柊が一葉へ静かに視線を向ける。柊からかすかな体温の上昇を感じ取った一葉は謝った。

「ごめんなさい、変なこと聞いて。石原さんは傷心していますから、もしかしたら通常より刺激を強く感じるかもしれませんよ」

柊は鍋に視線を落とす。もうもうと湯気を上げる角煮。

一葉はリンゴの追加を提案してみた。

柊はスプーンですくったタレを何度も吹いてから舌に乗せる。吟味するその彫刻のような横顔を見つめて判定を待つ。

柊は首肯した。

「そうしましょう」

一葉は早速リンゴをすって、柊が量を見ながら加える。

味見をした柊はそこでようやく笑みをにじませた。

一葉も味見をして驚く。

「さすが柊先生、さじ加減が抜群です」

辛みは和《やわ》らげられ、一層、旨味が引き出されている。

大根と、脂抜きをした肉を鍋に戻し、タレを加えて再び加圧していく。

「すみませんが、あたし上に行ってます」

もう少し時間がかかると見積もって、出ていきかけた長谷川の背に、一葉は声をかけた。

「聞いてもいいですか」

長谷川が肩越しに振り返る。

「長谷川さんは竹原智樹さんの作品のどういったところに惹かれるんですか」

「竹原の作品読んだことがありますか」

「はい。でも長谷川さんのポイントを聞きたいです」

長谷川は微笑んだ。

「丁寧に考えて掘り下げて書かれた言葉でもって、こっちを鋭く刺し、そして癒すところです。不思議なんです。不思議だから、あたしは彼の作品に惹かれるのかもしれません」

鍋がシュンシュと音を立て始めた。

「あいつの部屋にあった膝かけ。アレは竹原が失恋した女性のものです。かなえさん……その女性は他の男性に奪われてしまったようですが、膝かけ、まだ取っておいてたなんて」

「久ちゃんに使わせていましたね」

柊がいう。

「そうなんです。大事にしているのなら犬に使わせることはないでしょうに。そういうところが不思議なんです。どういう感覚を持ってるのか」

ひとつには、膝かけを与えてもいいというくらいに久太郎をよりどころにしていた、というのがあるのかもしれない、と一葉は推測する。だが、その他の理由は思い至らない。

「竹原には痛みがある。だからこそ書かなきゃいけない。書くことが彼を救う。救われる読者がいる。竹原智樹はこっからです。痛みを知ってからが彼の勝負です。潰させませんよ」

長谷川は出ていき、階段の音を響かせて上がっていった。

間もなく、リンゴの風味がアクセントになった醬油《しょうゆ》ベースの生姜とニンニクの、フルーティでスパイシーな香りが部屋に広がった。

石原の部屋のドアをノックしようと手を掲げたと同時に、ドアが開いた。後ろにさがったのは長谷川。

「階段を上がってくる音が聞こえたので。ありがとうございます」

長谷川が頬を緩める。

長谷川の足を避けて、久太郎が飛びついてきた。

「ふふ、久ちゃん、私たちさっきも会ったよ」

そういっても、久太郎はその場でくるくる高速回転し、飛び跳ね、喜びの舞を踊る。その鳴き声と物音は部屋に響いて、石原の耳にも届いているはずだ。なだめて、おとなしくさせた。

久太郎は、一葉の後ろに立つ柊が抱えている圧力鍋から漂う香りを、鼻で追う。

「久ちゃん、もう安心だよ。石原さんのために先生が作ってくれたんだから」

教えると、久太郎はつぶらな黒目勝ちの目で柊を見上げた。かすかに尾を振る。柊はわずかに頷いた。

散らばっていた原稿はなくなっており、床の上は片づいていた。床の膝かけのそばには、カバーをはめられたコロコロが置いてあって、膝かけの毛はサッパリと取り除かれている。

「どうですか、石原さんの調子は」

「そろそろ限界かもしれません。キーボードの音が途切れて……」編集者は腕時計を見た。

「三十数分たちます。行き詰まってます……」

「見えてないのに、何でも分かるんですねえ」

一葉は感心する。柊が鍋をキッチンのコンロの上に置いてふたを開けた。

覗き込んだ長谷川が、石原に気を配ってか、抑えた歓声を上げる。

食器棚から数少ない白い深皿を取り出して角煮を盛りつけていくと、香りはますます強くなる。空腹ではなくても空腹にさせるほどの強烈な引きのある香りだ。

長谷川が角煮と水をのせたトレーを手にした。が、一葉がそのトレーに手を伸ばす。

「私がお持ちしてもよろしいでしょうか。失恋に関しては最近の経験者ですし、こういう場合はお仕事と関係のない第三者のほうが、お役に立てるかもしれません」

長谷川は形のいい眉を上げて一葉を見た。

「では、オレも」

一葉に続こうとした柊を久太郎が追いかけて、そのパンツを噛む。柊が凍りつく。久太郎が柊の足をすり抜けて一葉についていこうとしたのを、今度は長谷川が止める。

「ひとりでも大概なのに、ふたりと一匹も入ったら書けるものも書けなくなります」

「しかし、ふたりきりというのは」

柊が渋い顔をする。長谷川は少し笑った。

「ご心配には及びません。彼は今失恋して失意中ですよ、書く力すら失っている。他の女性にふらふらと行けるほど彼は器用でも、エネルギーが有り余ってるわけでもありません」

ドアの前からローテーブルやハンガーラックを長谷川と柊がどけてくれる。

トレーを捧げ持って一葉は部屋をノックした。返事はないが、長谷川が頷いたのでそのまま部屋に入る。

空気清浄機が懸命に稼働しているが、部屋は霞《かす》んでいる。

灰色の遮光《しゃこう》カーテンで閉め切った部屋で、蛍光灯の下、石原はこちらに背を向けてパソコン机に向かっていた。椅子に左足を引き上げている。口元辺りから煙が上がっていた。

足元には、二十センチほどの大きさのボコボコに凹《へこ》んだ缶が置いてあって、たばこの吸い殻が盛り上がっている。

石原はピクリとも動かない。パソコンの画面をじっと見ているのが分かった。

天井まであるスチールラックには○○資料とタイトルが記された紙ファイルやクリアファイル、書類ボックスが挿《さ》さっており、書籍もみっちり収まっている。入りきらないものは、並ぶ本の上に乗っけられていた。彼の書籍は一冊も見当たらないが、ラックの横には集英出版の社名が入った段ボール箱が積み上がってあり、雑な太字で「本」とだけ書かれてあるから、ひょっとするとそこに自身の作品が詰まっているのかもしれない。

床に黄色い付箋《ふせん》紙が散らばっている。壁にも貼られている。スマホが画面を上に向けて落ちている。メモ機能のそこにも言葉があった。

『世界　風　ジアイ　やさ』『こドウ』『雲　ハレ』『おわり　あめ』

脈絡のない言葉だ。

改めて見回す。この部屋は言葉で満たされている。

中央の小さなテーブルに、歯型のついた部分が茶色に変色したリンゴが放置されていた。

一葉はリンゴを端に寄せて、トレーを置く。

ひとりずもうだった、と石原が振り向くことなくこぼした。

一葉はドアを背にして正座し、石原の背中を見守る。日の光の下より薄く華奢《きゃしゃ》な背中だ。

「こうやって大仏みてぇに座って考えてると、過去の自分を客観的に見せつけられるわけ。その末に分かったのは、いかにひとりずもうをとってたかってこと。恥ずかしすぎる。イタイ。馬鹿だ」

何のことをいっているのか分かり、一葉の中に、数か月前に味わった痛みがぶり返される。

「そんなにご自分を貶《おとし》めないでください」

石原がゆっくりと椅子を回して振り返った。泣いているかと思ったら、そのまなざしはひんやりと冴え渡っていた。一葉は自分のほうが目の周りを赤くしているのを自覚する。

「どうしてあんたが泣くの」

一葉は目元に触れた。熱を帯びている。ハンドタオルで押さえた。

石原は一葉の顔を興味深そうに数秒見つめると、視線を落とした。太腿《ふともも》の間に落とした手の力なく曲がった自分の指をしげしげと見る。まるで原稿がはかどらないのは、その指のせいであるかのように。

「……どうぞ召し上がってください。冷めてしまいます」

一葉は角煮の器《うつわ》を石原のほうへ押した。

味見はしてあった。噛むと肉汁とタレがジュワッとあふれるのだ。透き通った脂身はトロトロで、赤身の部分は口の中でほぐれ、食べやすいわりに、繊維が感じられることで肉を食べていると実感させられる。柔らかさと存在感のバランスが絶妙。タレは、肉の深くて豊かな甘みと風味を引き立てている。大根には箸が何の抵抗もなく入る。芯がうっすらと白く残って周りは茶色いタレが浸み込んでいる。

胸が痛い時は、柔らかい食べ物が必要だ。

「どこ行きたいとか何がしたいとか、彼女といろいろ計画してたことがすべて消えて、なかったことになった。彼女を想って書いた物語も、彼女を励ますための物語も、何もなかったことになるなんて考えもしなかった」

信じた彼女との未来は彼の思考を縛り、疑うことも他の可能性にも、目を向ける余裕を与えなかった。

「オレがこんなに苦しんで悲しんでるのに、当たり前の顔をして日が昇るんだ、信じられないだろ?」

「私も信じられませんでした。時計は進んでるし、電気はつくし、仕事は八時半に始まり、紐でギチギチに縛られた雑誌の山は定刻に届きました。世界は、何ひとつ支障なく動いていました」

「締め切りは来るし、長谷川からの催促は止まない。世界なんか終わってしまえと思ったのに、一向に終わんねえの」

石原は椅子からおりて、一葉の前にあぐらをかくと角煮を眺めた。

背後のドアの向こうは静まり返っている。

「あんたも失恋したんだな。そいつのこと、今でも好きか？」

一葉は少し先の床に視線を据えた。

「好きかどうかは分からないですが、何かの拍子に記憶がにじみ出てくることはあります」

「常に、じゃないんだ。まあ少しは気持ちが残ってるかもしんないけど、収束に向かってるってことだな」

石原にそう指摘されて少し笑った。彼は目を見開いた。

「なんで今、笑ったの」

「どうしてでしょう。誰からもそういわれたことはありませんし、私自身も気づいていなかったからでしょうか」

「かなえ……一葉ちゃん、やっぱり面白いひとだね。オレあんたが気に入ったよ」

静まり返っていたドアの向こうで、大きな音がした。雑巾雑巾、あ柊さん火傷《やけど》してませんか。大丈夫です。ああ、こっちまで流れた。ティッシュじゃ間に合いませんよ。

わちゃわちゃと慌《あわ》てている気配がある。

どうしたんだろう、大丈夫だろうか。気になるが、今は石原のほうが優先だ。

石原がドアに向かって「膝かけ使え」と指示した。

向こうからの物音が絶えた。戸惑っている気配が伝わってくる。

「気に入ったひとは書きたくなるんだ。今度小説の登場人物になってよ」

「私でよければもちろんです」

一葉は「本」と書かれた集英出版の段ボール箱を見やる。

他人から見ればどうして、と理解できないことはある。本棚に並べない自分の著書や、手放せない元カノの膝かけを犬に使わせることなど。

「……あの、膝かけですが、大切なものなら久太郎に使うことはなかったんじゃ……」

石原は視線を逸らして、静かな思案顔をした。

「まだ、何かの役に立つってことを自分に見せて、そばに置く理由にしたかったんだろうな……でも本当のところはオレ自身も分からないな」

それから、唐突に「ああっ」と声を上げた。尻ポケットを探って、あれスマホスマホ……と呟き辺りを見回す。見回していた首がぴたりと止まり、横に体を伸ばして転がっているペンを取ると、ティッシュの箱を引き寄せて何か書きつけた。

「いつもスマホに打ち込んでいたのはメモだったんですか」

「そう。脈絡なく思い浮かんだものは泡みたいに簡単に消えるから、すぐにメモっとくの」

ティッシュの箱には『恋愛は孤独を容赦《ようしゃ》なく鮮やかに突きつけてくる』と書き殴られている。

一葉は部屋を改めて見回す。

「すごいですね……」

「ひとっつもすごくねえよ。現状何も書けてねえんだから」

「私には物語を紡《つむ》ぐというのはできませんが、すごいと心を奪われたのは、この言葉を書き出し続け、捨てずに抱き続けた石原さんの情熱です」

石原が瞬きする。

「石原さん、まだやれるじゃないですか」

「けど……書けねえ作家なんてただの……」

「ただの石原」

石原の目に光が差す。

「そうか。オレはただの石原智弘だ。何も気負うことなんかねえじゃん。ここまで書いてきた竹原智樹の元はただの石原智弘なんだ」

伝えたいことがあったから小説を書いてきた。文字を紡いできた。

「戻ればいいだけなんだからな」

「そしたらまた、書き始められますね」

「一葉ちゃん、ありがとな」

「どういたしまして。とはいえ私は何もしてませんよ」

傷を負った今の石原だけが伝えられる世界がある。それを待っているひとがいる。

石原はみすぼらしくなったリンゴをむんずとつかむと、体をねじって、背後の吸い殻が盛り上がったたばこ缶に押し込んだ。

テーブルに向き直り、箸を取って角煮を摘《つま》み上げる。タレが表面をなでてもったりと滴る艶やかな角煮を、大きな口で頬張ると瞠目《どうもく》した。

「これ、オレが向こうにいた時に出前取ってた店の角煮にそっくり。でもリンゴの風味がより利いてて、あれ以上に食いやすい。体にすんなり入っていく。どこの店から取った？」

「柊先生が再現してくださいました」

「ああ。彼な。すげえな。手先が器用で勘もいいんだな。若いのにしっかりしてるし、聡明らしい。それなりに苦労をしてきたんだろうな」

一葉は瞬きする。表側ではなく裏側や奥を見抜く、これが竹原智樹なのだ、と思った。

「これ、よく踏ん張り時に食ってたんだ」

「長谷川さんが勝負飯だって教えてくださったんです」

一葉が明かすと、石原はドアを見やって、あそう、と落ち着いた声で呟いた。

「あいつ、記憶力いいな……」

「石原さん。長谷川さんはこういってましたよ。『痛みを知ってからが彼の勝負』『潰させません』」

石原は一葉の目を正視する。鋭角の眉の端々にまで気合が込められ、目は煌《きら》めきで満ちていく。

角煮に箸を突き刺す。

「この経験は、オレには必要だった」

一葉の全身にワッと鳥肌が立った。

「この痛みは、オレには必要だった」

串団子のようにさらに突き刺す。一葉は膝の上で拳を握る。

「凹んだ時間は、オレには必要だった」

三つ目に突き刺さる。

「記憶も想いも自分じゃままならないけど、ままならないものがあるってことを知れた」

一気に頬張る。

「あんただってそうだろ。オレたちは失ったことから始まるんだ。逃した魚はでかかったと思わせてやろうぜ」

このひとは痛みも苦しみも悲しみもすべてを飲み込み、踏み台に作り替えて一歩一歩上がっていくんだ。

石原は皿を持ち上げて、角煮をかき込むと口元をぐいっと拳で拭った。

「見てな。明日こっから出てやる」

梅雨の晴れ間となった。太陽はもう少しで一番高いところに昇り詰めようとしていた。

駐車場に停まるタクシーのそばに立つ長谷川を、一葉と柊は見送る。

「いずれ連れていくことになるかと思いますが、今のところは、彼が安定するまでこの街で頑張ってもらいます。ご迷惑ばかりおかけする竹原ですが何卒《なにとぞ》よろしくお願いします。何かあったらご連絡いただけますとすぐに……とはいきませんが、必ず来ますから」

原稿データを手に入れた編集者はタクシーに乗り込み、住宅街を駅へ向かって遠ざかっていった。

思った通り。傷つけば傷つくほど洗練されてくる——。

原稿をデータで確認した長谷川の言葉を思い返して、一葉は、彼女はすごい方でしたね、と感嘆した。

柊が、どがつくSでしょうね、と遠い目をする。

「柊先生も、時々Sっ気が出ますよ」

「え、そうですか。知りませんでした」

「石原さんに対して、かなりSだと思います」

「誰だって、大事なものを失うんじゃないかと危機感を抱けば当然ですよ」

柊が一葉を見おろす。一葉は久太郎を見おろす。

「先生が久ちゃんをそこまで大事に思ってくださってたなんて、ありがたいです。久ちゃんも嬉しいね」

久太郎が、なぜならぼくですからっというように一葉を振り仰いで尾を振る。

柊が、「久ちゃんというか」というのと同じタイミングで一葉は思い出したことをいった。

「そういえば今夜、イケメンたちの水泳大会の番組があるみたいですよ」

「ほんとそれ、誤解ですからっ」

真っ赤になる柊に、一葉は天を向いて笑った。

やっぱり柊先生との会話は楽しい。だからこそ、どっぷりはまらないうちに大事な誰かがいると知らされてよかった。これからも良き隣人として、楽しくつき合っていこう。

一葉の明るい笑い声に、久太郎も一葉の足に前足をかけてふたりの顔を覗き上げ、自分も面白がろうとする。

石原が、一時預かりをやめるといってきたのは昨夜、角煮を食べ切った直後だった。仕事が乗ってきた今、これからどんどん忙しくなって世話もろくにできなくなるし。たばこも遠慮なく吸いたいし、と理由を並べた。

勝手といえば勝手ないい分に、柊は渋い顔こそすれ、黙していた。非難をして石原の気が変わってはまずいと勘定したのかもしれない。

石原さんは、久ちゃんがいなくても、やっていけると見込んだんだ。一葉はそう思った。それを久ちゃんも知っているから、お役御免とばかりの落ち着いたいいお顔をしていたんだ。

一葉はしゃがみ、久太郎を抱きしめた。久太郎は顎を肩に乗せて背中を膨らませて深呼吸する。数時間一緒にいるのが元飼い主とはいえ、ほんとのところはこの子なりにずっと神経を張り詰めていたのかもしれない。そんな中でも空気を読んで自分の役目を全うしたのだ。

「久ちゃん、お役目ご苦労様。偉かったね」

久太郎は、もっと褒めていいですよというように、力の限り尾をぶん回した。

二階のドアが開いた気配に一葉と柊は振り返って見上げる。たばこをくわえた石原が外廊下の手すりに両手をかけてもたれていた。

「やーっと帰った」

クマのできた目元をほころばせる。充足感と達成感がその堂々としたクマに表れている。

「石原さん、お疲れ様でした」

石原が両手を突き上げて伸びをする。

「あ～腹減った。柊君、何か食わしてよ」

柊が眉間《みけん》にしわを刻む。

「食べさせるのは嫌いじゃありませんが、あなたに請われると作りたくなくなります」

「じゃあ一葉ちゃんから頼んでもらおう」

「その呼び方、馴れ馴れしいですよ」

「いいじゃん、一葉ちゃんが嫌がってないし」

「お昼になりますし、先生、何か作りましょうか」

「何食べたいですか」

「角煮は勝負飯だから、オレは酢豚がいい」

「百瀬さん何食べたいですか」

「私は涼しく冷麵食べたいですねえ。胡瓜も入ってますし」

「冷麵にしましょう」

「柊くーん、あれおかしいな、ひょっとして柊君の目は節穴でオレが見えてなかったりするのかな」

「なんですか見えてますよ見たくはありませんが」

「君ほんっと、どSだよね」

「おふたりとも、久ちゃんが見てますよ。仲良くしましょうよ」

久太郎が笑顔で見上げている。ガチゲンカならこんな顔で見守っていられる子ではない。

「そうだな、一葉ちゃんのいう通りだ。柊君の料理でオレは救われた。ありがとう」

急に礼をいわれ、柊は面食らった顔をする。

「どういたしまして。でもそれなら、百瀬さんのアドバイスのおかげですから」

「ということで今日のお昼は酢ぶ……」

「冷麵にしましょう」

その日、北東北の梅雨が明けた。

それから二か月後。

開け放った掃き出し窓から、蟬《せみ》の声と子どもたちのはしゃぐ声が混じり合って、風に乗ってそよそよと入ってくる。緑色の木漏《こも》れ日が床に落ちて水面《みなも》のように揺れていた。

一葉は窓のそばで壁に寄りかかり足を伸ばして本を読んでいる。久太郎は一葉に体をくっつけてヘソ天で寝こけていた。

最後のページをめくる。

「『ひとつの季節が終わる。

終いの雨のにおいをまとう風は一年のうちで最も慈愛に満ち、世界のあらゆるものの深い傷について知っている。

その風は、傷の奥にも吹き込みやがて乾かすだろう。

次の風は、頭上を覆う灰色の雲の上には必ず澄んだ青空が広がっていることを教えるために吹き渡る。

再び羽を広げて大空の高みを目指すため、今すべきことはこの風に吹かれてここでゆっくり休むことだ』」

本を閉じてしっかり抱くと、床に仰向けになった。

久太郎から安らかな寝息が聞こえてくる。

ひげをなでると、ピッピッとさせた。

鼻をつつくと、目を閉じたままぺろりと鼻の頭を舐めた。

そしてまた、くーくー、と寝息を立てる。

「『忘れてはならない。嵐は、次に訪れる安息の前触れ。

この世のすべてに安息と祝福を――』」

ゆるゆると目を閉じかけた時。

だからっ今書いてるっつってんだろ！　と二階で怒鳴る声が万福荘に響き渡ると、ヘソ天の角煮がパカリと目を開け、元気にワンッと吠えた。

3章

HIIRAGI-SENSEI's
small kitchen

朝晩霜《しも》がおりるようになり、岩手山《いわてさん》が色づき始めた。

日暮れも早まる。

西の空に金星が瞬《またた》き、空が二層に色づく中、久太郎《きゅうたろう》の散歩を兼ねた買い物から帰ってくると、最後の空室のドアが開いていて、物音と明かりが漏《も》れてきていた。

二階の外廊下で石原《いしはら》が半開きのドア越しに隣の様子を窺《うかが》っているのが見える。

「石原さーん」

一葉《かずは》は下から呼びかけた。石原が気づいて手すりのところまで出てくると、隣のドアからひとが出てきた。小柄な女性と分かる。

彼女は石原にペコリと頭を下げる。石原が片手を軽く上げた。ふたりは少し言葉を交わした後、女性が手すりから身を乗り出す。

肩までの髪。顔は、光量不足で詳しくは判別できないが、大体のところ高校生か中学生に見えた。

「こんばんは、二〇二に引っ越してきた蛯名佐知《えびなさち》といいます。柊《ひいらぎ》先生のクラスの。前に、ショッピングモールでお会いしましたね」

ハキハキした挨拶《あいさつ》。

あ、と一葉は思い出した。梅雨の時期に出会ったっけ。リュックを背負ってスマホに夢中になっていた子だ。

「こんばんは。一〇一に住んでます百瀬《ももせ》一葉です」

「じゃあ、あたしの部屋の真下が柊先生の部屋なんですね。大きい音立てないようにしないと。柊先生は女子には厳しいから」

いった直後、部屋の奥のほうで何かが落ちる音がこだました。佐知が背後を振り向いてまたこっちを見おろすと肩をすくめる。次いで、久太郎に気づいて、わぁ犬だ、と声を弾ませ駆けおりてきた。

「名前、何ていうんですか」

「久太郎です」

久太郎は佐知の勢いに及び腰だったが、明るい声をかけられると、持ち前の愛想の良さを発揮して、佐知に頭から背中までをなでさせた。佐知は写真いいですか、と一葉に確認して、スマホで久太郎を撮る。

「引っ越しの荷解き作業中ですか?」

と聞くと、

「そうなんです。あたしひとりだから時間がかかっちゃって。できるだけ静かにやりますんでご容赦《ようしゃ》ください」

と、面目なさそうに笑った。

ご容赦ください、なんておとなっぽい言葉を使うんだなあ、と舌を巻きながら、親はどうしたのだろう、と気にすると、それを見透かしたのか「母は、夜勤があるので途中で病院に行きました。看護師なんです」と、胸を張る。そして期待のこもった目で一葉をじっと覗《のぞ》き込む。

「……お手伝いしましょうか」

「ほんとですか！　ありがとうございます」

引っ越しの手伝いに久太郎は邪魔になろう、と彼を玄関前につないで、二階へ上がっていくと、ビーチサンダルにハーフパンツを合わせて、ダブダブなのか単に伸びたのか大きなシャツをかぶっている石原が興味津々《しんしん》の様子で玄関から中を覗いていた。こっちはこっちで猫みたいだ。

「石原さんにも手伝ってもらいましょうか？」

「それは助かります。ほぼ引っ越し屋さんが設置してくれたんですが、ちょっと移動させたいものとかがあるので。でも、変なひとじゃないですか？」

ストレートだ。ひとんちを覗いている男を不審がる目もしっかり持っている。

「変なひとですが、安全なひとですよ」

「聞こえてるよっ」

石原がいう。

「安全だけど変なひとって、地味に嫌ですね」

「いうに事欠いて君失敬だな」

「お金は持ってそうだけど」

あれ全部ブランドものですもんね、と女子高生は石原の身なりを値踏みして耳打ちする。一葉はそうなんですね、とあいまいに頷《うなず》く。ブランドには詳しくない。

「SNSに上げたら、いいねがめっちゃつきそう」

SNSにも詳しくない。

「石原さん、お暇でしたら荷物整理いかがですか？」

「やるやる」

好奇心旺盛《おうせい》の作家は身を乗り出した。

玄関ドアにストッパーが嚙《か》ませられているので、開けっ放しでいいんですか？　と聞くと、佐知は、動いていると暑くなるし、埃《ほこり》が立つんで、と答える。

入ったところのキッチンは、確かに冷蔵庫やレンジ、テーブルなど大きなものは設置がすんでいた。

段ボール箱は数個ずつキッチンとリビングにまとめられている。おそらくこの調子で寝室や浴室にもそのようにすでに分配されているのだろう。「鍋と食器」「佐知」「学校」などと中身も書かれてある。

一葉と石原はキッチンに取りかかることにした。食器棚を拭き、緩衝材代わりの新聞紙から器《うつわ》を取り出し収めていく。小ぶりの茶碗《ちゃわん》がふたつ。お椀《わん》もマグカップも二セット。ものは多くはない。

鍋やフライパンなどの調理器具は小さく、どれもピカピカと蛍光灯の明かりを反射させている。

石原とふたりで、レンジを佐知の希望の場所へ移動し終わった時、徐々に大きくなってくるクルマの音を聞いた。久太郎がひと声吠《ほ》える。

クルマのドアが開閉され、少しして、足音が階段を上がってきた。

「百瀬さん」

その声に振り返ると、玄関の前にスーツ姿の柊が立っていた。ネクタイが緩んでいる。

「あ、おかえりなさい」

「柊君、おかえりー」

一葉と石原が迎える。

「ただいまです。この空き部屋だったはずのドアが開いて明かりが漏れていたし、久ちゃんが外にいて上を見て鳴いていたのでどうしたのかな、と思って」

リビングから佐知がやってきた。

「こんばんは、爽《そう》兄」

「え。あれ田中《たなか》。ここに引っ越してきたのか？」

柊は片づけ途中の部屋を見回す。彼は生徒の前では、しっかり柊先生になる。それが一葉はおかしい。

「そう。親が離婚したから母のほうについてきた。苗字《みようじ》、蛯名になったから。急だったから連絡まででごめんね」

さらさらと流れるように明かされ、一葉と柊は黙る。

「親が看護師なら経済的にも健康的にも、他にもなんかいろいろ便利だからこっちについてきて正解じゃね」

石原の、天井知らずのポジティブ発言に、佐知は一回瞬《まばた》きすると、でしょう？　と得意げな顔をした。

柊は「離婚は気の毒だが、そういうことは早めに教えてくれよ、手続きとかあるから」と事務的に伝えると踵《きびす》を返した。

一葉はえ、と意表を突かれる。教え子の引っ越しを手伝ってくれるものと思い込んでいた。

柊は玄関に入ることすらないまま、おりていった。一葉は開け放たれた玄関を見つめる。

「柊君、手伝ってくれるかと思いきや」

石原がおやおや、という顔をする。一葉の脳裏にどういうわけか、見たこともない彼の『想いびと』がよぎる。

「これが一葉ちゃんの引っ越しだったら手伝ってたよな」

一葉はあいまいな笑みを浮かべて、

「……スーパーで、小さい子がやらかしちゃった時は手伝ってくれたんですよ。今回はお忙しいのかもしれませんね」

と、フォローした。

「爽兄は女子には厳しいんです」

「おいおい、女子に優しくしねぇで、男は一体誰に優しくするのよ」

「ゲイだから」

佐知は冷笑を浮かべた。一葉はその笑みに引っかかる。

石原は噴いた。

「あっはっは。柊君がゲイってか。つか、女子に優しい優しくねえは、ゲイ関係ねえから」

手を叩いて笑う。佐知がうっすらと邪魔くさそうな表情で石原を眺めた。

しまい場所が分からないところは、佐知が的確に教えてくれて片づけははかどった。

潰す段ボール箱を手にした石原が、リビングのラックに吊り提《さ》げられたスクエアバッグを指した。

「おやおや、オレのこといえないじゃん。お嬢ちゃんだってブランドもの持ってんじゃないの」

手にくっついたガムテープを、半透明のゴミ袋の中に振り落とそうとしていた一葉も注目する。&から始まる、おそらくブランド名だろう、ロゴが刻まれている。

「それ、中古品なんです。それに、ちゃんとバイト代とお小遣いで買いましたよ。もちろん、変なバイトじゃないですから」

とがめられていると感じたのか、佐知はサラリと弁解した。

「この前お会いした時は……あ、こちらのリュックじゃなかったでしょうか」

一葉は、ローテーブルの脚《あし》によりかかっている角がすれたノーブランドのリュックを見つけた。緑色の勾玉《まがたま》つきのお守りが下がっている。

「友だちと一緒の時はブランドものを持ち歩くのはアウトです。ハブられます。そのバッグなら悪目立ちしないじゃないですか」

「目立つのならいいじゃん」

「悪・目立ちしたくないんですよ」

「なら何で買うの」

石原が好奇心に目を輝かせる。佐知が何かをいいかけて口を開いたが、言葉を発しないまま閉じた。

気づくと、久太郎がキューンキューンと鼻を鳴らしている。寂しさが募ってきたらしい。

「あ、もう十分です。ありがとうございました」

佐知がペコリと頭を下げた。一葉は、でもまだ残っていますがと養生テープの剝がし残しや斜めに積み上がる空の段ボール箱を見たが、佐知は大丈夫です、の一点張りだったので、若干《じゃっかん》消化不良な気持ちのまま石原と部屋を出た。


翌朝。玄関のたたきに準備していたゴミ袋を左手に、久太郎のリードを右手に外に出る。瑞々《みずみず》しく、清潔な空気の中、駐車場に見慣れない白いコンパクトカーが停まっていた。

きっと佐知の母親のだ。

一葉はほっとして二階を見上げる。佐知が嘘《うそ》をついているると疑っていたわけじゃないけど、母親がちゃんと帰ってきてよかった。

駐車場の前を、ランドセルを背負った子やスーツ姿の男性が横切っていく。周辺の家からは朝食の香りが流れてきて、瀬戸物《せともの》がぶつかる音、水を使う音、テレビの音などが賑やかに聞こえてくる。

二〇二は静まり返っている。

道路に面したゴミ置き場に行くと、まだゴミ袋のないそこに落ち葉が入り込んでいたので、フェンスに引っかかっている箒《ほうき》とちりとりを使って集めた。

久太郎が虫食いの落ち葉に鼻を近づけてくしゃみをして、頭を振り、アパートを見やった。

クルマのドアが開く音がする。

一葉が振り向くと、空色のクルマの助手席側に立った柊が助手席にビジネスバッグと帆布製の弁当バッグを乗せるところだった。ドアを閉め、足元に置いたゴミ袋を手にこっちにやってきた。

「おはようございます」

「おはようございます。お掃除されてるんですか。手伝います」

そういって箒へ伸ばされた手が一葉の手の甲に当たる。ドキリ——というかヒヤリとした。箒が手から落ちる。柄《え》が地面を打つ音がやけにくっきりと響く。

ああすみません、と柊が拾い上げようとしたが、それより先に一葉は身を屈めて拾い上げる。

身を起こすと、柊と目が合った。

一葉は、揺らいだ気持ちを押し殺してニコリとする。

「すぐ終わるんでいいですよ」

二〇二のドアが開いて、佐知が姿を見せた。広くはない階段の手すりにゴミ袋をぶつけながら駆けおりてくる。久太郎が尾を振る。

「おはよーございいーまーす」

元気な挨拶とともに駆け寄ってきて、ゴミを地面に置くと久太郎を抱きしめた。

「おはようございます。朝ごはんは召し上がりましたか?」

一葉が尋《たず》ねる。

「はい、牛乳と茹《ゆ》で卵。ゴミってここに置いといてもいいですか?」

「ええ、大丈夫ですよ。お昼はどうしてるんですか?　お弁当?」

「買ってますよ。購買部があるんです」

「でもそればかりじゃ」

「爽兄、クルマで行くんでしょ。乗せてって」

「馬鹿《ばか》ゆうな」

「とことん厳しいなあ。あたしも男子に生まれりゃよかった」

イタズラっぽく笑ってふたりにペコリと頭を下げ、久太郎の頭をひとなですると、駆けだした。ノーブランドのリュックで勾玉が揺れ、清々《すがすが》しい緑色の光を放った。

置かれたゴミ袋に日が当たっている。プリンのカップ、卵パック、ペットボトルのキャップとラベル、カップ麺《めん》、マヨネーズ、弁当……きっちり分類されている。

昨夜の片づけの様子からして、家のことに関しては佐知がすべて把握《はあく》しているようだ。


一週間後——。

一葉は、拭き上げられた一枚板のカウンターテーブルの、入り口寄りの席に腰かけていた。

南部《なんぶ》である。

席の埋まり具合は五割といったところだ。

久太郎の散歩の途中でちょっと顔だけ出そうと、南部の格子戸《こうしど》を引いたら、テーブルを拭いていた歩美《あゆみ》が顔を上げ、「いらっしゃ……」といいかけて親友と分かるや否《いな》や、険しい面持ちに豹変《ひょうへん》し、一葉を店内に引っ張り込んだのだ。

久太郎は一葉の足元に、ちんまりと控えている。お客の大半は「おお、めんこい犬っこだ」と目を細めた。久太郎はもちろんです、という表情をする。他人に評価されるまでもなく自分が可愛《かわい》いのは決まっていることなのだ。さあ可愛いぼくが来ました、とばかりに舌をチラリと覗かせていいお顔でひとりひとりを見上げる。お客は頭をなでたり、ひとによっては唐揚げや焼き鳥を与えようとしたりする。自分は愛されるべき存在であるという自信と、ひとに対する信頼が——路頭に迷っていたのにそう思えることをしたたかというのかもしれないが、一葉はそれを強さと柔軟さであるといい替えたい——さらに愛されることを呼び寄せているのだろう。

その自信と信頼は愛された経験が前提条件だ。

犬同伴ＯＫを知らないお客には、ギョッとされることもあるが、それに関しては気づかないふりをキメていた。気づかなければ、ないのと同じである。それもまた、自分はたかが数人にギョッとされても基本、愛されていますからという揺るがない自信があってこそ。

隣に、あのさ、と布巾を手にした歩美が座った。

「柊センセーの噂《うわさ》聞いたよ、どうなってんの」

歩美はフロアに視線を走らせた後、前のめりになって声をひそめた。一葉は首を傾《かし》げる。

「どうって？」

聞き返すと、歩美が一葉の心中を探るように顔を覗き込んでくる。

ピンときた一葉は「ゲイのこと？」と尋ねた。歩美が身を起こす。

「は？　ゲイなんつー平和なもんじゃないよ、生徒と問題起こしたっていう噂だよ」

押し殺した声に、一葉はキョトンとした。その反応が予想とは違ったようで、しまった、という顔をする歩美。

「ん？　なあに？　よく理解できなかった。なんて？」

一葉は耳を寄せる。歩美の言葉が脳みそに入ってこなかった。

歩美はカウンターに置いた手をもぞもぞと動かしていたが、迷いを消すように深く息を吸った。

「昨日来たお客さんたちの中に、中津《なかつ》高校の保護者がいたんだよ。中津ってほら、センセーが勤めてるとこでしょ。この話、小耳に挟んじゃったんだ」

歩美は帆布製のエプロンのポケットからスマホを出して画面に指を滑らせると、覚悟を促《うなが》すかの如《ごと》く、一葉を上目遣いに見る。一葉はじっと歩美を見返す。

歩美は口を引き結ぶと、一葉に画面を向けた。

そこには、水色の鳥のマークが特徴的なＳＮＳの画面。

『中津高校には、女子生徒を食う教師がいる！』

『今年転任してきた家庭科教師で、二十四歳。前にいた東京の学校で、女生徒に手を出すという事件を起こして退職し、コネを使ってうちの学校に移ってきた』

ミルク&エッグというアカウント名で投稿されている。

「これだけで柊先生と？」

「あのねぇ、今年、中津高校に来た家庭科教師は柊センセーだけなんでしょ？」

「でも先生は、女子を避けてたよ」

一葉は、圧力鍋を買った時のことや佐知の引っ越しの時のことを話した。

「その噂が事実だったら、おまわりさんにつかまってるんじゃないのかなあ。そんな事件起こしといて先生として勤めていられるものなの？　免許って取り消しにならないの？その辺よく分からないけど、現時点で教師としてやれてるのなら事実じゃないんじゃないかな」

赤いハートの、いいね、がギラギラと輝いて見える。コメントも相当数だ。このスレッドが上がってから数日たっているにもかかわらず、こうして見ている間にも拡散数とハートの数は増えていく。

「あのねぇ」

歩美はカウンターに片肘《ひじ》をついて身を乗り出す。

「こういうのは事実かそうじゃないかは問題じゃないの。噂が立った時点でアウトなのよ。怖いんだよ世の中ってのは。鵜呑《うの》みにするひともいるから、そうなるとセンセーは学校での立場が悪くなるどころじゃないよ」

一葉はひっそりと眉を寄せる。

「でも、噂は本人の意思では防ぎきれないよ」

歩美がバンッとカウンターを叩いた。その音で足元で丸くなっていた久太郎がビクリとした拍子《ひょうし》に、椅子《いす》の脚《あし》に頭をぶつけ、震動が一葉の尻に伝わった。

「事実じゃないとしても、この手の噂を立てられるような隙《すき》があるってことは、教師としてどうなのかってこと。……単なる噂ということもあるけど、はっきりいって、うちは百パーセント噂だとも信じちゃいない。あり得ない話じゃないでしょ。あの見てくれだもん女子がほっとかない。若くて可愛い子がいい寄ってきたらその気になろうってもんじゃん」

「いやあ、でも先生はそういうところ、きちんとしてそうに見えるんだけどなあ」

「見せてるだけかもしれない。がさつに見えて繊細なひとだっているし、信じてた彼氏が、若い子と二股《また》かけてたケースだってあったでしょ」

「うっ……」

「ひとを信じようとする心意気はそれなりに評価するけど、信じるのと妄信《もうしん》は違う。それはあんたが身をもって学んだことでしょうよ」

一葉は返す言葉もない。

久太郎が立ち上がって、歩美の足を前足でそっとかく。歩美が見おろして、何よ、と口を尖らせると久太郎は歩美を真っ直ぐ見上げたまま、何かを小声で訴えた。

「怒らないでって頼んでる」

一葉が代弁すると、歩美は額を押さえた。

「あんた犬の言葉なんて通訳できるようになったらおしまいだよ。頼みの綱のセンセーはこんなことになっちゃってるしさあ、どうすんの、彼氏なんて一生できないよ」

「そこ一緒にしない。彼氏ができそうにないことと柊先生は分けて考えてちょうだいよ。というか、先生には想ってるひとがいるんだから」

「そりゃいるでしょうよ、すぐそばに。あのね一葉、話を戻すけど柊先生がそういうつもりはなくても、相手の子がそういうつもりだったということもあるし、ふたりのやり取りを見ていた周りの人間がそう捉《とら》えることだってある。事実はそういう風に作られていくんだよ」

店を出て久太郎と歩きながら、嘘だよと呟《つぶや》いた。久太郎が振り向く。

「そんなの単なる噂に決まってる。ねえ久ちゃん」

久太郎はいいお顔をすることなく、前を見た。


アパートに戻ってきて間もなく、インターホンが鳴らされた。

久太郎を柵の内側に入れて玄関ドアを押し開けると、四十半ばくらいの女性が立っていた。

笑顔とは裏腹に、ずいぶん顔色が悪く、痩《や》せていて、乾燥した短い髪の数本が微弱電気を発しているかのように四方八方に立っている。

二〇二に越してきた蛯名です。先日は、荷解きを手伝ってくださったとかでありがとうございました、と持ち手のある厚紙でできた箱を渡された。

口元を上げて目を細めた一般に笑顔と呼ばれる彼女のそれは、既製品に見える。このひとはどんなに疲弊していても患者の前ではこうやって常に笑っているんだろう。

患者にとっては当たり前のことかもしれないが、気持ちを無視した表情は当人の感情を着々と削いでいくような気がする。削がれ続ける感情は体力もまた奪っていく。

ものいいはしっかりしているが、どう見ても彼女のほうが患者みたいで心配になる。

蛯名母は、すべきことを果たしたら、とっとと休みたいといった感じで、そそくさと帰っていった。

部屋に戻ると、久太郎が一葉の抱える箱に鼻を向けた。

中身は五つ並んだプリン。分厚く丸みを帯びた牛乳瓶《びん》の半分ほどの高さのガラス瓶に、おしゃれなロゴと愛らしいプリンのイラストが描かれてある。セロハンと紙ぶたで密閉されている。取り出して横から見ると、プリンの卵色とカラメルの優しい琥珀《こはく》色が、ぬくもりを感じさせた。

付属の柄の長いスプーンですくう。よく冷えていて口当たりが滑らか。

久太郎は与えた端から飲むように食べ、足元のにおいを嗅《か》いで何もなくなったことを確認すると、一葉を真っ直ぐに見上げる。

「もうなくなっちゃった」

スプーンですくったあとの筋が残る瓶を見せても、眉の辺りにくぼみを作って足踏みをするという「納得しておりません」感を出すので、床に瓶を置いた。愛犬は鼻先を突っ込んで、瓶をじりじりと押しやりながら舐《な》め始めた。

動物がものを食べているのを見るのはいいものだ。

ぼんやりと眺めていると、駐車場にクルマが入ってくる音がした。見なくても分かる。

紛れもなく柊のクルマで、一葉に例の噂を思い出させる。いや、思い出させられたというより噂を耳にしてからずっと気にしていた。それがエンジン音で再び意識の表面に浮かび上がったというだけだ。

クルマのドアが開閉し、革靴がアスファルトを踏む。隣の部屋のドアが閉まる。関係ない、といえばそうなのだ。でも関係ない、という言葉は好きじゃない。同じアパートなのだし、柊には世話になっている。この前だって、柊は掃除を手伝ってくれようとした。そういうひとに対岸の火事を決め込むことはできない。

立ち上がった時、二階から一歩一歩おりてくる足音がして隣のインターホンが鳴らされた。

女性の声がかすかに聞こえてくる。蛯名母だろう。今日は勤務はなかったようだ。

柊の声が聞こえた。久太郎の耳が立つ。瓶から顔を上げて、玄関を見やる。

怒鳴ったわけではない。しかし、声に緊張感があり硬かった。

一葉は立ち上がってそうっとドアを開けた。久太郎も顔をドアの隙間にねじ込んでいる。

隣のドアの縁から柊が半分見える。彼の前に蛯名母が立っていた。

「あの……どうかしましたか？」

やんわり声をかけると、ふたりが同時に振り向いた。

部屋の明かりを困惑顔の半分に受けた蛯名母の、もう半分の闇《やみ》が深い。こっちに足を向けかけた。

「蛯名さん」

柊が引き締まった口調で呼んだ。彼女は柊を振り向く。

柊は一葉に視線を当てた。

「なんでもありませんから」

にべもない。胸の奥がじんわりと痛む。嫌な、寂しい痛みだ。

柊が、蛯名母に「わざわざご挨拶に来ていただいてありがとうございます。おやすみなさい」とテキパキ告げる。

母親は口元をわずかに動かしたものの、結局は黙って柊に一礼して、一葉にも会釈《えしゃく》をした。

階段を上っていくのを見届けた柊は、一葉に目礼した後ドアを閉める。

おとなしいその音は、まるで氷雨《ひさめ》のように体に浸み込んでいく。

一葉が足元を見おろすと、久太郎も一葉を見上げていた。

部屋に戻った一葉は、噂の真偽を柊に確かめるのは明日にしようと決め、ベッドに上がってお隣と共有する壁に背を預けた。背中が冷たい。

足を伸ばすと、久太郎が膝《ひざ》に乗った。一葉の顔を、小首を傾げてじっと覗き込む。この壁から何かが伝わればいいのに、と思った。

カーテンに、ザワザワと揺れる桜の木の影が映る。飛んでいく葉っぱの影も映っている。一葉は久太郎の前足を取って、半分ぼんやりとしながら、久太郎が飽《あ》きるまでせっせっせ、をした。

翌朝、出勤前に玄関前の地面に朝露《つゆ》で張りついている桜の葉を掃き集めていると、隣のドアから柊が姿を現した。

「おはようございます先生」

念頭にある噂を漏らさないように、ぎこちなくならないように気をつけて挨拶をすると、柊はこちらに目を向け、それから顔を向けて体を向けた。動きが緩慢なような気がする。

「あ、おはようございます」

表情が動いていない。ネクタイが緩んでいる。

昨夜の様子もおかしかった。ひょっとしたらSNSがこの取ってつけの原因のひとつなのではないか……。柊は噂を知ってしまったんじゃないか。

確信はない。憶測である。だから何か他に原因があるのかもしれない。他の理由なら、例の噂の話題を出しては藪蛇《やぶへび》になる。それに、一日が始まる今、そんなことを話題にするのはいかがなものか。

「……あの、先生。……ネクタイが緩んでますよ」

柊は自身の胸元を見おろす。

「ああ、ありがとうございます」

助手席にカバンを入れると、ネクタイの結び目を絞る。

「今日はお弁当なしですか」

「え？」

柊はネクタイの結び目に手を添えたまま助手席を振り返って、そこに弁当がないことを初めて知ったみたいに動かなかった。肩越しに半分だけ振り向いて一葉の顔は見ずに苦笑いする。

「ちょっと寝坊しまして」

「そうですか、お疲れなんですね」

何の気なしにそういうと、柊が振り向いた。口が「え」の形に薄く開いたが声は出ず、言葉の意味を深く考えるように、一葉を凝視した。

一葉は微笑《ほほえ》む。

「ほら、学校の先生ってお忙しいでしょう、そういうこともありますよ。お気をつけていってらっしゃい」

「――いってきます」

運転席に収まる柊を見守る。アパートの建物やテレビのアンテナや電線が、ちょうど顔の部分に映っているので、表情は見えない。こっちを見ているのかすら定かじゃない。それでも一葉はちりとりと箒をいっぺんに持って、空いた手を振る。

クルマはバックして切り返し、道路の手前で一時停止すると右にウィンカーを出した。すぐに左のウィンカーを点滅させ左に曲がっていった。――大丈夫だろうか。

クルマが見えなくなって初めて一葉は息をつけた。

かすかな緊張は気づかれていないはずだ、多分。勘がいいひとだから確証はないけど。

「柊君、どしたのかね。顔が死んでたけどっ」

降ってきた軽やかな声に顎《あご》を上げると、たばこをくわえた作家が手すりに両腕をかけていた。

「悩みがあるね！　一葉ちゃんに何とかいってた？」

口からたばこを取って手すりに打ちつけて灰を落とした。ネタになりそうだと踏めば、血も涙もなく狩りにいく。作家という人種はみんなこうなのだろうか。

「いいえ何も」

「残念。一葉ちゃんになら教えるかと思ったのに」

距離を置かれているということなのだろう。もしくは相談するに値《あたい》しない人間だと。

さっき、一葉が案じた時、肩越しに振り向いた柊は真顔だった。体温が一気に下がるほどの。

それなりに仲良しだと思っていたのは自分だけで、彼は私が思うほど心を許してはいな
いのだ。しんしんとした寂しさを覚える。うっすらと腹も立てていることに気づいてうん
ざりする。距離を置くことは彼の自由なのに。

枯れ葉が詰まったゴミ袋を集積場の奥へ押し込んだ。

部屋に戻ると、久太郎が甲高い声を上げて飛びついてきた。

姫！　ぼくがっ待ってましたぁ、また会えて嬉《うれ》しいですぅ！

たった五分程度でも、何年も離れ離れになった末の邂逅《かいこう》のように熱烈な喜びっぷりをす
る。犬の寿命《じゆみよう》は人間よりずっと短いからそう感じてもしょうがないが、それは単に時間
感覚のせいというより、久太郎の愛情だと信じたい。久太郎は愛でできている。

いなしても、久太郎は喜びを表すのに加減はしない。

逆に落ち込んだり悲しんだりする時はこちらに八つ当たりなどはしてこない。座ったま

またひたすら項垂《うなだ》れるか身も世もなく丸くなるか。犬は悲しみや困ったことを背中で訴えるのだ。

私も久ちゃんだったらよかったなあ、と一葉は久太郎をなでる。久太郎は、そうですかでも姫がぼくだとぼくは飛びつくことができません！　というようにジャンプして顔を舐めようとしてくる。

そんな久太郎をなでたり落ち着かせたりしているうちに、垂れ込める重たい気分が少しずつ軽くなってきた。

「久ちゃん、ありがとう」


仕事から一直線に帰ってきた一葉は、久太郎に餌《えさ》を与え、水を取り替えると、着替えもせずにリビングのミニテーブルにノートパソコンを据えて、電源を入れた。

「ごめんね久ちゃん。これ終わったら散歩に行こうね」

パソコンが起動するまでの数秒がもどかしい。体感的には年が明けようかというほどの時間がかかって立ち上がった。

袖《そで》をまくる。

柊先生の様子が変になった理由は、他にもあるのかもしれないが、まずは思い当たる原因であるSNSの噂から調べよう。

青い鳥マークのサイトを開く。南部で見た「ミルク&エッグ」というアカウントの人物を特定したい。

仕事中に歩美から携帯電話にショートメールが届いていた。それには、

『昨日、いい忘れてたけど、アカウントにリプするなよ』

「どうして」

返信すると、

『炎上するから。あんたまで攻撃されることになんだよ。アカウント削除すればいいんだけど、しっかり嫌な気分になるんだから』

と、返ってきた。

送らない。炎上というやつが怖いわけではない。自分が削除できるということは、相手もできるということだ。それは避けねば。削除されたらミルク&エッグを特定できなくなってしまう。

久太郎がそばに来て、タッチパッドに指を滑らせる一葉の腕に顎を乗せた。上目遣いに一葉の顔を覗き込んでいる。目が合うと尾をサワリと振った。久太郎の顎で温められた血が全身を巡っていく。

タイムラインを遡《さかのぼ》っていく。GPS機能は切ってあった。他のユーザーが上げたものを拡散したりもしている。

更新が頻繁《ひんぱん》だ。一日に何度も上げている。

駐禁取り締まりの警官と違反者の攻防の動画でいいね、と拡散数が伸びていた。

リプも相当数上がっている。ミルク&エッグは、ひとつひとつに丁寧に答えている。ですます調のため、性別が読めない。律儀な人物なのだろうか。律儀な人物が噂を流すというのは、ちぐはぐな感じがする。それともこの世界では、これが普通なのだろうか。

遡れば遡るほど徐々に話題がスイーツ、新作スニーカー、バッグなどになり、いいねは減っていく。更新も一日に一件や数日置きに一件程度だ。ひと月も前になると、少ないスレッドにいいねはゼロの時もある。

前に柊が勤めていた学校のことが気になる。どういう学校に勤めていたのだろう。

そう考えて、あ、と閃《ひらめ》いた。前に柊がいっていたこと。石原のお気に入りの角煮を出す店の近くに住んでいた、と。だが、数か月前に知ったその店名を知らない。

――だからっ書いてるってゆってるでしょぉがあ、と怒号が響いた天井を見上げる。

あ、そうだ。

思いついた一葉は、久太郎を抱っこして外に出た。

エンジン音が駐車場に入ってきたかと思ったら、強烈な青白いライトに包まれる。一葉は眩《まぶ》しさに目を細めて顔を背けた。光が強く大きくなる。

ライトが下向きになり水色のクルマが白線で囲まれた四角の中に収まった。

エンジンが止まる前に運転席のドアが開いた。影がライトの向こうに降り立つ。

一葉は、ライトを横切って急ぎ足で階段へ向かい、階段を駆け上がると廊下を進んだ。眼下の隅《すみ》から自分を目で追うような視線を感じるが、気のせいだろう。コソコソとひとのことを探っているせいで過敏になっているだけだ。

二〇二のドアが開いた。

ぶつかりそうになって一葉はたたらを踏む。久太郎が吠えた。

ドアから佐知が顔を覗かせる。

「あ、ごめんなさい」

「いえ、お気になさらず。どちらへ？」

「ちょっとそこのお店まで。明日の朝の牛乳と卵と、それから季節限定スイーツを買いに」

女子高生はエコバッグの代わりなのか、体をひねって背負ったリュックを見せる。仕草が可愛らしい。その上、食事の準備もするとはしっかりしてる。

久太郎をなでると、彼女は軽やかな足取りで階段をおりていった。爽兄ぃおかえりー、ただいまどこ行くんだ、買い物ぉ。

ふたりが会話している間に、石原の部屋のインターホンを押してドアを叩く。

「はいはいはい、何すか新聞は読まないし」

ドアの向こうから声が近づいてくる。ドアノブが回った。たばこをくわえた石原が顔を出した。

「壺《つぼ》はいらないし布教なら心と時間と財布に余裕のあるやつに――一葉ちゃん」

「こんばんは」

ワン！　お待たせしました！

「おおっ久太郎も！」

石原が口からたばこを取ってたたきに落として踏み消す。手を大きく振って、そこいら中の煙を払うと久太郎を抱き取る。

「石原さん、すみませんがちょっとお伺《うかが》いしたいことがあるので」

背後を気にする。一葉の位置からは、手すりの陰《かげ》になってクルマもひと影も見えない。

「入ってもよろしいでしょうか」

キッチンでは換気扇が回り、リビングの窓は数センチ開けられた。リビングの小さなテーブルには、旬に入ったリンゴがひとつ。ソファーの上にダブルクリップで留められた原稿の束と雑誌。久太郎は床を熱心に嗅ぎ回っていた。

角煮の汁を拭《ぬぐ》った膝かけは見当たらない。

「手放したのですか」

主語を省略したが、石原はあっさり、捨てたといった。

「で、何」

一葉は噂のことをすべて話した。石原と柊の共通点である飲食店を出し、何か知らないかと。

口が軽そうなこの男に相談するのはどうかと思うが、石原以外に今のところ分かりそうな可能性のある人間を知らない。

柊の耳には絶対入れないよう釘を刺すと、石原は、ＯＫＯＫ心得てるよ情報ソースは明かさないってのが鉄則だから、と羽毛以上に軽く約束する。

「情報ソースの前に、柊先生にこの噂を耳に入れないでくださいってことですからね」

念を押す。はいっと石原は敬礼して、その時点で一葉は間違ったか、と後悔し始めた。

そーゆー噂は知らないけど面白そう、と石原がリビングの隣の部屋に移動する。

パソコン机と小さなテーブル、かけ布団がめくれたベッド。机のそばの缶には、相変わらずくの字になった吸い殻《がら》が盛り上がっている。

付箋《ふせん》が散らばり、書籍が本棚からあふれて床に積み上げられている。新たな「本」の段ボール箱が加わっている。その段ボール箱には、半分めくれた宅配伝票が貼られていて、差出人「集英出版　長谷川朱里《はせがわあかり》」と内容物には「本と食品」と記されていた。

パソコンでは、文章入力ソフトが真っ白なまま開いており、カーソルが冒頭部分で点滅していた。

石原はそれをタスクバーに収めるとネットで検索を始めた。入力が速すぎてパソコンの変換機能が追いついていない。

「なんだかコソコソ探るって嫌なものですね」

彼の後ろで見守る一葉はつい、こぼした。表示された地図には「文」マークが点在している。

「コソコソしなきゃいいじゃん」

石原が振り返らず、頬杖《ほおづえ》をついて、地図上の高校名を順に検索していく。

「センシティブな問題ですから」

「問題にセンシティブじゃないものがあるとは、オレは思えないけどね」

「柊先生が知っているか知らないかはっきりしていない時点で、この噂関連を知られてはよくないですから」

「つか、今朝の様子からして柊君との距離感が露呈《ろてい》したから直接聞けないだけだろ」

作家があっさりと斬り込んだ。一葉は言葉を失くす。視線が落ちていく。露呈したのは今朝以前からです、と腹の中で追加する。

「お」

石原が頬杖をやめて前のめりになる。一葉は身を乗り出す。

黒い画面に文字ばかりが並ぶサイト。

「これ何ですか?」

「学校裏サイト」

上に向かってサーッと流れていくページが、ピタリと止まった。

『家庭科教師が女生徒とマンションでデートしていた』『カフェでふたりきりで会っている』

一葉は眉を寄せる。読み進めるうちに気分が重たくなってきた。

そこに貼りつけてあるURLに飛ぶと、行き着いたのは該当《がいとう》高校のサイトだった。

「え〜と、進学校でありながら、勉強だけに偏《かたよ》らずにバランスの取れた生きる力を身につけるのをモットーとしてる学校。だってさ。今って家庭科の授業数削るんだってな。でもここはこういうモットーがあるから柊君は重宝されていたわけか」

SNSに戻り、マウスをカリカリと鳴らしてスクロールしていく。問題の投稿が始まったのが一週間前であることを指摘し、何で今になって上げたんだ？　中津に赴任してすぐなら分かるけど、もう冬になろうっていうこの時期に。何がきっかけだ？　投稿はアンドロイドからで、平日の夕方が多いな。日中は何かしてるひとかな。少なくともオレみたいな人間じゃないってことか」

ぶつぶついいながら推測を詰めていく。

あんなに頻繁に投稿していたのに、ところどころ日づけが飛んでいる。それを彼に問うと、

「こりゃ削除したんだ。例えば、炎上したり見られると都合が悪かったり身バレを恐れたりって理由で消すんだ」

と返ってきた。

「タピオカとか、わんこそばキャラも上げてるけど、これ、本人はそれほど興味があるようじゃないね。事故映像と比べると映し方が雑だもん。のっぺりしてるでしょ。このアカウントさんに、主義がないっていうか、像が結ばれないんだよな。説明も急におとなびたり若者風になったり安定しない。安定しないってことはやっぱり十代かなあ。単にいいね

がほしくてやってるだけって気がしてきた」

「石原さんは探偵業もやってたんですか」

「作家一本。へえ、プリン味のタピオカなんつーのもあんのか。このプリンアラモードの皿ってTっていう喫茶店のだわ。原稿詰まって行ったことがある。ここからどれもこれも歩いて十分圏内だ」

「原稿書かないでカフェ巡りしてたんですか。長谷川さん、また乗り込んできますよ」

「逆でしょぉ。原稿書くためにカフェ巡りしてたの」

いいね、が爆発的に増えた火事現場の動画を拡大して注視する。背景の看板の文字やパトカーのナンバー、ボディロゴはスタンプで隠してあったが、周りの景色にはなんとなく見覚えがあった。

「少し前は永井《ながい》の写真ばかりです。このショッピングモールがありますから」

永井は万福荘《まんぷくそう》からだと南部のある菜園《さいえん》通りを四キロほど南下し、柊が勤めている中津高校を越え、北上川《きたかみ》を渡ってまた四キロ南下した、開発が進む地区。

「八キロくらい離れてるか？　店だけじゃなく公園とか、路地とか日常風景をしょっちゅうこの地区から上げてたってことは、この頃はここが生活圏っぽいな」

「ミルク&エッグさんが、噂の女子高生ってことは考えにくいですね」

「うーん、全くないわけじゃないだろうな。仮に去年三年生だったとすると、卒業後、岩手大や盛岡《もりおか》大に入ったりしてれば、該当する可能性は出てくる」

検討している間に、新しく投稿された。

でもそれは、柊のことではなく、単なる季節限定のプリンの画像だった。


久太郎を抱いて階段をおり、柊の部屋の前を通りかかるとドアが開いた。

「あ、先生、こんばんは」

驚いた一葉は、引きつった笑みを浮かべてしまう。

柊は真顔で一葉を見て、二階へ視線を投げ、それからまた一葉を見る。眉間《みけん》にうっすらとしわを寄せた。

まとう空気が張り詰めている。

「石原さんのところに?」

感情を押し殺した低い声に、一葉の胸の奥がサワッと冷えた。

「……ええ」

「何の、用だったんですか」

一葉が久太郎の尻をこっそり軽く押すと、久太郎は笑顔で一発吠えた。

「久ちゃんが、行きたがったので」

ごめん、久ちゃん。

また押す。

ワンッ！　お待たせしました！

柊は久太郎を見て、視線を上げた。表情は変わらず真顔のまま、一葉を真っ直ぐに見てくる。頭の中を見抜こうとするかのような冴《さ》え渡った目に、一葉の背中がひんやりする。

一葉はそれとなく久太郎を抱き直して、顔の半分が隠れる位置まで上げた。

「仲がいいんですね」

「はい。元飼い主ですから」

主語がないので勝手に、仲がいいのは久太郎と判断して答えた。柊の目尻がピクリと縮む。

一葉は、目が泳いでしまう。喉《のど》が渇いてくる。

「行きたがったのは、本当に久ちゃんなんですか」

その言葉で動揺が消えた。一葉の視線が静かに柊を射抜く。

久太郎をダシにして石原さんの部屋へ行ったと思っているようだ。ひょっとしたら私が探っているのも感づいているのではないか？　だからこっちの出方を窺うような質問を繰り出してきたのではないか？

「先生、気づいてらっしゃったんですか……」

柊の顔に動揺が走った。

「いつからですか」

ふたりの声が重なる。

「……え？」

柊がじっと覗き込んでくる。普段、ひと懐こいくっきりとした二重の目が、今は剣のように鋭い。

一葉はつばを飲み込む。いつから、あの噂を知っていたかと聞いているのだろうか。

「昨日です」

「昨日……」

柊は額を押さえた。

「全然、気がつきませんでした。そばにいたのに。そういえば今朝、確かにちょっと何かいいたそうにされていましたもんね。あれはこのことのサインだったんですね。見過ごすなんて」

唇を噛む。薄い唇が血の気を失っていく。

　一葉は深呼吸してきちんと向き合う。

「知られてしまったのならもうコソコソする必要はありませんね。久ちゃんが行きたがったんじゃないです。私が連れ出しました。私と石原さんは」

　柊の顔が強張《こわば》り、サアッと白くなる。一葉の言葉を遮《さえぎ》るように手のひらを突き出した。

「いえ、いいです」

　久太郎がその手に鼻先を伸ばす。柊は半歩引いた。

「今は聞きたくありません。それをはっきりと聞かされて正気を保っていられる余裕が、今のオレにはありません」

「先生のお気持ちは分かります」

　柊が目を見開いた。白目の端から赤い色がにじみ始めている。

「分かってたんですか」

「分かりますよ。お辛いでしょうし、もどかしいでしょう」

　一葉は心を寄せる。あのＳＮＳが事実だとしても事実じゃなくても、自分のことがああいう風に世間に晒《さら》されていたらと考えると――。

　柊は口をぽかんと開ける。信じられないものを耳にしたとばかりに。眉が寄った。

「何でそんなこと、平気でいえるんですか」

冷たい棘《とげ》のある言葉だった。一葉はかすかに釈然としない気持ちを抱く。

「平気じゃないですよ」

自分が同じ状況になったら、夜も眠れないだろう。

「オレの気持ち、分かっていながら、分からないふりをしてたんですか。何でそんなことを」

「すみません。柊先生を傷つけることになるんじゃないかと思ったんです」

柊は拳《こぶし》で口元を拭うようにして顔を背けた。

「オレを傷つけるって、それってオレじゃダメってことなんですね」

「先生はダメなんかじゃありません。誰かと比べたりしないでください。私は先生のいいところを知ってますよ。もちろん、先生が想ってるひとには敵わないでしょうが」

一葉は懸命に励ました。距離は感じても、彼が誰を好きであろうと彼の力になりたいという気持ちは変わらない。

柊の目の周りが朱に染まる。針でできたボールでも飲んだかのような顔をした。なんなんだよ、と吐き捨てる。

「想ってるひと？　何をいってるのかオレにはさっぱりです。分かってるのに分かってないふりとか、変にとぼけたりとか、そういうの、もういいですから」

柊が肩を返してドアに手を伸ばす。

「待ってください」

一葉は久太郎をおろすと、咄嗟《とっさ》に柊の手をつかんだ。久太郎もそばに飛んでくる。柊は久太郎に視線を走らせた。

「そりゃ、オレは犬が怖いですよ。石原さんは犬が平気で、おまけに久太郎の元飼い主で」

「ひとりで抱え込んでいてはいけません。苦しくなるばっかりでいいことなんてひとつもないですよ。まずは本当のことをいってください。それから対応を考えましょう」

あの噂は事実なのかそうではないのか。いってほしい。知りたい。真実を、このひとを、知りたい。

祈るように強く念じて、険しい表情の柊を見上げる。

柊の顔が歪む。

「それ、どういうつもりでいってるんですか。苦しいですよ。決まってるじゃないですか。オレ、今までにこんな思いしたことありませんよ。嘘なわけないじゃないですか……っ」

一葉は目を見開いた。胸が詰まる。足元が瓦解《がかい》していく。

「せ、先生、本当だったんですか」

生徒と関係を持ったというあの噂を認めるというのか。

柊は俯《うつむ》いたまま顔を上げない。前髪で顔の半分が見えない。

で、では、こう、しましょう、と一葉はしどろもどろに切り返した。頭がよく回らない。

その頭の中を占めるのは、このひとを助けたいという一念。

「放してください」

嚙み潰したような柊の言葉が、自分を拒絶する言葉が、胸を押し潰す。

一葉は、強張る手をゆっくりと放した。

柊が部屋に入る。

鼻先でドアが閉まった。


自分の部屋に入り、キッチンからリビングへ向かいかけ、戻って冷蔵庫を開けて五〇〇mlペットボトルを取る。久太郎が冷蔵庫の扉を鼻先で閉めた。シンクの横に置いてあるグラスを使うのもおっくうで、直《じか》に口をつけた。よく冷えた水が喉を落ちていく。

残った水を久太郎の水入れに空けた。久太郎がすかさず飲む。勢いよく飲んでいる。彼も緊張していたらしい。

ローテーブルのパソコンの横に放置されている携帯電話を取り、待ち受けを見つめる。南部で撮った笑顔の柊がいる。

この笑顔を傷つけてしまったと思うと、胸はより一層痛くなる。

ベッドに座って壁にもたれる。

久太郎が走ってきてベッドに飛び乗ると、毛布をくわえて一葉の足にかけた。それから一葉の太腿《ふともも》に顎を乗せて上目遣いに見上げる。久太郎の頭に手を置く。手のひらに感じるのは愛犬の柔らかな毛だが、蘇《よみがえ》るのは柊の手の硬い関節。

一葉はため息をついた。

さっきのやり取りを思い返してふと、どこかがちぐはぐなような気がした。


脱ぎ捨てられた着ぐるみみたい、と歩美が評した。

南部である。

明るい声とおいしそうなにおいが入り混じる店内。

カウンターの隅で突っ伏しているのは、一葉である。ホタテのバター焼きや地鶏《じどり》の西京《さいきょう》焼きなどは手つかず。

足元では久太郎が丸くなっている。勇《いさむ》から胡瓜ちくわをもらった後、満足して、うたたねに突入したのだ。

一葉は、カウンターを濡《ぬ》らすグラスの水滴をひと差し指で一直線に伸ばした。

「線を引かれてる」

「何よ、いってみな」

「今朝、ゴミ集積場で会った時、普通に挨拶をしたんだけど」

——いつもすみません掃除してもらって。

——いえ、掃除ってほどのことでもないです。

一葉は箒を軽く上げ、肩をすくめた。

お互いささやかな笑顔で交わされた言葉は、滑らかで朗《ほが》らかで節制されて、そして。

淡々と、機械的だった。

「それはそれは社交辞令……」

虚空《こくう》を見つめる一葉。

ムッとされたのならば、リアクションもしやすかったのに、何もなかったかのようだったのでこちらも動きようがない。

「見てたわけじゃないから詳しくは知らないけど、ちょっとやそっとでセンセーがあんたを避けるようになるとは思えないけど」

「ちょっとやそっとじゃなかったのかもしれない」

昨夜のことが喉につかえている。温厚な彼の気に障《さわ》るようなことをしてしまったようだ。

思い返すに、柊先生はひどく傷ついた顔をしていた。私が傷つけたのだろうか。一体何をして？　自分が加害者になってしまったような気がして落ち着かない。被害者のほうがまだましだ。

「もしかして、あの噂が本当だったの？　あんたそれ突きつけたとか？」

「噂は……」

一葉は言葉に窮する。噂が本当のことだと明かされてショックだったが、それでもまだ百パーセントそれが本当のことだと信じていない。何かの間違いじゃないのか。間違いであってほしい。でもそれを歩美にはいえない。清水《しみず》の時の二の舞だと心配をかけてしまう。だったら歩美にこうして話すべきではないのは分かっているが、線を引かれた事実を聞いてほしかった。

「石原さんに協力してもらって探ってはいるんだけど、なかなかつかめない」

歩美から返事がない。

顔を上げると、彼女は夫と顔を見合わせていた。

「何よぅふたりともぉ」

「それだ」

「なあに」

「避けられることになった原因、石原とかいう作家とつるんでるからだよ」

「つるんでって……」

カララと戸が開いて、こんばんは〜、という数人の女性の声がした。歩美がそちらに顔を向けていらっしゃいませと笑顔で出迎え、三名様そちらのお席にどうぞと一葉の斜め後ろの席を案内する。

何気なく一葉は振り向いて、「あ」と声を上げた。女性客のひとりも気づいて目を丸くしている。

「蛯名さん、こんばんは」

佐知の母親だった。彼女も会釈を返してくれる。

オーダーを承《うけたまわ》った歩美が戻ってきた。

「知り合い？」

「万福荘の」

「へえ。あのひとたちだよ、噂のSNSを話してた」

「じゃあ一昨日、柊先生と蛯名さんが穏やかじゃない空気だったのは、それについてだったのかな」

「娘が通う学校に、そういう噂のある教師がいるとあったら、そりゃ親だもの、心配だよね」

「歩美、『あらぶる虎』ちょうだい」

「食べながら飲みなさいってば」

歩美が忠告しながら、カウンターに並ぶ一升瓶《いっしょうびん》を取る。ふたを開け、透き通る地酒をグラスに注いで、一葉の前に置いた。

口をつけると、瑞々しい果物の香りがして甘めで飲みやすい。

「これだってお米なんだから栄養はあるでしょ」

「栄養の問題じゃない。でもって酒から栄養取ろうとするな。ほんっとすっごい落ち込んじゃって」

「そりゃあ落ち込むよ」

「どうでもいいひとだったら落ち込まないでしょ」

「どうでもいいひとじゃないよ」

歩美の片眉がひょいっと上がる。

隣のひとというだけじゃない。どうでもいいひとじゃない。柊に厳しい言葉を向けられたが、放っておけない。

だから、今はとにかく、あのスレッドを上げたひとを探し出す。

柊を知っていて、恨みなのか何なのか、何かしらの感情を持っていて、この街に、しかも近くにいるのだ。

逃げられたくはないのでリプはしない。直接会う。会って『こういうことはやめてください』と頼むのだ。

一葉は地酒を喉を反《そ》らせて飲み干した。喉から胃の腑《ふ》にかけてじわっとぬくもり、それは暗い一本道に、道しるべが灯《とも》るよう。

よし。一葉は唇に力を込める。


二時間ほど滞在した蛯名母のグループがお開きにするのと同時に、一葉も腰を上げた。

八時過ぎの路地を蛯名母と行く。寿司屋居酒屋焼き肉屋……店からは楽し気な笑い声が漏れてくる。提灯《ちょうちん》や古びた看板の明かりが温かく路上を照らす。

前を行く久太郎は時々振り返ってふたりがちゃんとついてきているか確認している。

おりこうさんですね、と蛯名母が褒めると、久太郎は、ぼくですから！　と尾を振った。

蛯名母がそんな久太郎に目を細める。自然で柔らかな微笑みだ。

蛯名母は、いつもより疲労感が少なそうに見える。頬の艶《つや》と血色もいいし、声にも穏やかさと奥行きがある。つまりは余裕がある。

一緒に飲んでいたのは病院の同僚だという。たまに飲み会をやって互いにねぎらっているそうだ。

「帰ると、佐知がいますでしょ」

母親はやるせない笑みを浮かべた。一葉は口の中に苦味を感じたが顔には出さない。

「真っ直ぐに帰ると、嫌な気分や疲れを持ち込んじゃう。そうするとあの子、心配するんで」

苦味がたちどころに消える。娘を邪険にしているようではなくて、ほっとした。

母親がため息をつく。

「っていうのは都合のいい、いい訳なんでしょうね。本来ならさっさと帰るべきなのよ」

「息抜きは必要です。お母さんがいっぱいいっぱいになったら、娘さんもお辛いでしょうから」

霧が出てきた。埃や排気ガスで汚れた空気を、清めてくれる。

住宅街に入り、万福荘のそばまで来ると、蛯名母の歩みが遅くなった。歩調を合わせていた一葉も遅くなる。リードがピンと張ったために久太郎が振り返った。

「あの……」

蛯名母は一旦《いったん》口を固く閉じた後、思い切ったように開いた。

「一階の柊さんのことですけど。彼は中津高校の先生をしているとご存じでしたか」

一葉の胸がドクリと不穏な音を立てる。夜が急に深まったように感じられた。

不用意なことをいってはならない。慎重に答える。

「……そう、なんですか。学校の先生をされてるとは、伺いましたが」

蛯名母の目が、微妙な変化をも見逃すまいとするかのように一葉の顔を走る。

「うちの娘も中津高校なんです」

「そうなんですよね」

一葉を見つめる蛯名母の顔を外灯の灯りがゆっくりとなで、そしてまた暗闇に覆《おお》われる。

電信柱をゆっくりと二本過ぎたところで、蛯名母の足が完全に止まった。

「こんなことを頼むのもアレですけど、普段あたしは不在が多いものですから。少しだけ、娘のこと気にかけていただけるとありがたいのですが。アパートで女性は百瀬さんだけですし……」

暗に、柊を警戒しているのが伝わってくる。目を光らせてほしいと訴えているのだ。

噂のことをいわなかったのは、高校に無関係で、おそらく事情も知らないであろう一葉に何かをいうのはおかしなことだと判断したからなのかもしれない。

「ええもちろんですよ。夜勤って、多いんですか？」

「シフトを増やしてもらったんです。夜勤のほうがお給料がいいから」

それは疲れるだろう。大変だな、それに佐知さんとはすれ違いになるんだな、と一葉はどちらにも同情した。それを察したかのように、母親はいった。

「母親のあたしがいうのもなんですけど、あの子しっかり者だから、家のこと一切合切任せられるんです」

「昔からしっかりしたお子さんだったんですか？」

「ええ。あたしも元夫も忙しかったので、小さい頃からあまり構ってやれなかったんですが、その分自分のことは自分でできるようになっていきました。扱いやすくて手がかからないどころか、お手伝いも率先してやってくれました。今も助かってます。だからあたしは仕事を頑張んなきゃ」

少ない外灯がぽつりぽつりと照らす明るくはない道の先を見据えて、そう自分自身に決意宣言するかのように口を引き結ぶ。

「頑張んなきゃっていうのは違いますね。佐知がいるから頑張れるんです。離婚したからといって惨《みじ》めな生活には堕《お》ちない」

彼女のためにも、ミルク&エッグを特定しなければ。

一葉はリードを強く握った。

土曜日の昼下がりの陽光が、たばこの吸い殻が盛り上がる缶を照らしている。

遠くで救急車や消防車のサイレンが鳴っていた。

二〇二のドアが開閉して、足音が駆けおりていった。

久太郎が耳を立てて開け放たれた窓の外へ顔を向ける。

石原はパソコン画面を覗き込み、その後ろに一葉は立って、画面上のＳＮＳを注視していた。ミルク＆エッグの投稿が、外野参加によって盛り上がっている。

『その教師ってヒ〇ラギ先生ですよね？』

「おお～ついに名前、上がっちゃったねぇ」

石原が、椅子を左右にひねり、鼻歌を歌いながらパソコンの画面をスクロールしていく。

それを背後から一葉は覗き込んでいる。

『最悪　がっかりだわ』『キモ』などと罵詈雑言《ばりぞうごん》が挙げ連ねられていて、読むだに気分がふさぐ。

「先生、学校で大丈夫でしょうか」

「いやあ、大丈夫じゃねえだろ。え何。彼、今日もガッコー行った？」

「はい、出勤していきました」

「うーわー。ないな。この噂が出てから十日くらいになる？　針の筵《むしろ》」

「教師というご職業ですからねえ、行かないわけにはいきませんし」

「オレなら『センセーお腹痛《なか》いんで休みまーす』って休むけどね」

「彼自身が先生なんですって。とはいえ、かばってくれる生徒さんもいるみたいですね」

一葉は画面を指す。

『待って待って。その噂、嘘だよ』

『あたしもそう思う。だってセンセーはゲイだもん』

石原が鼻で笑う。

「匿名《とくめい》だからかばえんだ」

「現実では無理ですか」

「『赦《ゆる》せない』だの『気色悪い』というのが『世間』ならそういう意見に偏るよ。その渦中で彼をかばうってことは難しいだろうな。まかり間違えば今度は自分自身に『赦せない』だの『気色悪い』だの矛先《ほこさき》が向けられてしまう」

一葉は悲しい思いで青い鳥のマークを見た。青い鳥は幸せの鳥ではなかったのか。

「おっ」

石原がパソコンに身を乗り出した。ミルク&エッグの新しい投稿が現れたのだ。

見ると、スマホをかざして火事の様子を撮影しているひとたちの向こうで、ビルから黒い煙がゴンゴンと湧き出ている映像があった。火がチラチラ見え、白い燃えカスが舞い上がっている。

「これ、今じゃん」

雑居ビルがひしめく細い路地は消防車、救急車、野次馬でごった返していた。ミルク&エッグらしき人物の声は一切入ってこない。

居酒屋、喫茶店、花屋、不動産屋……。見覚えがある路地。万福荘から十分もかからない。

ひとがぶつかってきた。映像が乱れ、回転し、アスファルトが迫ると、大きな音を立てて暗くなった。

しかし音は聞こえてくるからスマホは生きている。

すぐに画面が明るくなり、アスファルトが遠ざかる。

キラリとした緑色のものが画面の前で揺れた。近すぎてピントが合わない。

画像はふつりと切れた。

「行こか」

石原が立ち上がった。

一葉たちが駆けつけた時には、野次馬は減り、消防や警察のひとが忙しそうに動き、報道陣が残った野次馬にカメラとマイクを向けていた。

黒い煤《すす》が三階の窓から四階まで舐めたようについている。路上は水浸しで、辺りには焦《こ》げ臭いにおいが溜まっていた。

久太郎が鼻をすんすんいわせてくしゃみをした。顔を巡らせて一葉の後ろへ向かって一発吠える。

背後から「石原さん」と呼ばれ、ふたりは肩越しに振り向いた。

そこに立っていたのは、柊だった。手にスマホを持っている。

「あなたが『ミルク&エッグ』だったんですね」

石原を突き刺す勢いで指差した。目は充血しており、瞳はチラチラと揺れている。

石原はブッと噴いた後、顔の前で手を振った。

「違う違う。オレも柊君の件じゃ興味……心配でSNSをチェックしてたんだよ」

「いい逃れようっていうんですか」

「あのねぇ柊君、ちょっと話を聞き給《たま》え」

「あなたの話など聞きたくはありません」

「柊先生、話を聞いてください」

一葉が間に入ると、柊はこちらに体を向けた。

「ええいいですよ、聞きましょう」

一葉は経緯をまとめつつ、石原には協力してもらっていたと説明する。

「それに、ミルク&エッグさんは数か月前に盛岡市内の動画や画像をアップしています。その時期、石原さんは盛岡にはいませんでした」

柊の目から徐々に赤みが引いていき、聞き終わると額を押さえた。

「そ、そうですよね。何でオレ、気づかなかったんだろう」

「しょうがないです、渦中にいらっしゃったんですから」

「てことは、おふたりで何かしてたのは、オレの件を調べていたからだったんですか」

「……え?」

一葉は首を傾げた。そんなのは先週の夜、話したはずだ。それで気まずくなったのだ。

キョトンとしている一葉に構わず、柊は膝に手をついて項垂れた。背中を動かして息を吐く。

「なんだ、よかった……あ、まだよくないんだった。でもひとつはよかった……てっきり百瀬さんと石原さんが……」

なんだかよく分からないが――。

「柊先生がよかったのなら、それが何よりです」

お互いの認識のズレがあったようだが、今はその件はひとまず置いておき、すべきことに意識を切り替える。

一葉はパソコン画面を通じて目に焼きついている映像を、ビルに投影させながら移動していく。足を止めた。

「ちょうどここから撮ったみたいですね」

「百瀬さん、もうやめてください。相手がどんな人間か定かじゃないんですよ、危ないじゃないですか。石原さんだけならまだしも、百瀬さんに何かあったら」

柊が止める。以前の柊に戻ってくれて一葉はほっとする。

「こら柊君、いうに事欠いて」

石原が柊にふくれっ面を向けてから一葉の視線の先を見上げた。

「ちょっと角度が違うわ。あの動画からすると、もっと身長は低かった」

「多分、私くらいと思います。大体この位置から掲げると」

携帯電話を持ち上げてみせた。石原が身を屈めて一葉に顔を寄せ携帯を覗き込む。

「ああ、そうだそうだここだ。――ぐえっ」

急に石原がのけぞる。一葉が振り向くと、柊が石原の後ろ襟《えり》をひっつかんでいた。

柊が手を放す。石原がひっくり返りそうになって体をねじって立て直し、身を折ってむせる。

一葉は眉を寄せて辺りを見回す。

「野次馬も多いですし、帰ったひともいるでしょうから特定は難しいですね」

「え、嘘、一葉ちゃんスルー!? 結構ひどい目に遭《あ》わされてたんですけどオレ。まさかのスルー。何かいってやってよこの子に！」

涙目で柊を指す石原から足元に視線を落とせば、熱心に地面を嗅いでいた久太郎が、頭を上げた。ω型の口に何かをくわえている。

「久ちゃん、落ちてるのを食べちゃいけま……」

取り上げようとした一葉は、言葉を飲んだ。

口先で揺れているのは、緑色の勾玉がついた汚れたお守りだった。

アパートの外階段を三人の足音が上がっていく。

何で石原さんまでついてくるんですか。オレ、二階に住んでる石原です。大勢で乗り込んだら無駄にビビらすだけじゃないすか。オレだって終《しま》いまで見届けたいのよネタになるし。やっぱネタにするんじゃないですか。

いい合うふたりを尻目に、一葉は「蛯名」の表札の下のインターホンを押した。

「あ、押しちゃった。あっさり押すんだもんなあ」

石原が一葉に感心のまなざしを向ける。間もなくドアノブがゆっくりと回った。注意深く開いて、佐知が顔を覗かせた。髪の毛には、燃えカスが絡まっている。

久太郎が鼻をスンスンいわせてくしゃみをした。

細かい埃が舞ってチカチカ光る。

玄関から見えるキッチンはとっ散らかっている。ダイニングテーブルは斜めになり、ワゴンはキッチンの真ん中に走り出ていて、食器棚の扉は開き、目隠しの布はめくれ上がっていた。

一葉は、佐知を見つめてお守りを差し出す。

佐知が目を見張ると、飛びついた。

「このお守り、探してたんです。よかった！　どこに落ちてたんですか」

「火災現場です」

一葉がいうと、佐知の顔から笑みが消えた。

石原がニコリとする。

「とりあえず、立ち話もなんだから家に上がっていい？」

よほど熱心に探していたようで、リビングも散らかっていた。

ローテーブルの周りを片づけて座る場所を確保すると、四人と一匹は腰を落ち着けた。石原はいわゆるお誕生日席に真っ先に胡坐《あぐら》をかき、久太郎を抱いた一葉と柊の前に佐知が座る。

お守りと、SNSが表示されたスマホが、テーブルの真ん中にポツンと置かれている。それに目を落とし、なぜこんなことを？　と柊が問う。彼の口調は抑制を取り戻していた。

佐知は目を背ける。全身からチリチリと電気が放たれているような気がする。

通りを抜けていく自転車やバイクの音が聞こえる。カラスが鳴き、犬が吠え、子どもたちの明るい声が響く。

佐知のお腹がぐうっと鳴った。耳まで赤くなる女子高生。石原も「腹減ったよなあ」と薄っぺらいお腹を押さえた。

「内臓まで消化されそうだ」

「ほんとですね、中身が空っぽみたいです」

柊が立ち上がりながらいう。それを石原が目で追う。

「柊君、君ねえまるでオレが中身のない人間みたいないい方を」

「何か作ってくるよ。話はそれからだ」

柊は佐知にいった。

一葉は胸に、ぽっとともしびが灯った気がした。

「先生、お手伝いします」

一葉も腰を上げる。

「わざわざ下行くってか？　回りくどくね？」

石原がぼやく。

「ここんちのキッチン、借りたらいいじゃん。冷蔵庫に何かあるでしょ？」

さすがの図々《ずうずう》しさを発揮する。柊の口元がかすかに上がったことに一葉は気づいた。

佐知は、戸惑いつつも頷く。

「いいですけど、でも冷蔵庫にはろくなものが入ってないですよ」

佐知がキッチンへ行き、三ドアの冷蔵庫の扉を開けて、牛乳と卵を取り出す。

「こんなもんです。あとはマヨネーズとか醤油《しょうゆ》とかそういったものくらい」

一葉と柊もキッチンへ移った。

「牛乳も卵も質がよさそうだ」

佐知から少し離れて遠慮がちに冷蔵庫を覗いていた柊が品定めする。

「母がそのメーカーを指定するので。うちではもうずっと前からです」

暮らす場所や家族が様変わりしても、食だけは不変なのだ。

「その母は今日も仕事かい？」

石原が聞く。

「いえ今日は非番で、今は外出しています」

一葉が視線を巡らせると、流しの上に、引っ越しの挨拶に来てくれた蛯名母がくれたのと同じプリンの空き瓶が並んでいる。綺麗《きれい》に洗われてオレンジ色の夕焼けをひとつひとつに溜めていた。

「先生、プリンを作りませんか」

柊が振り向いて、首に手をかける。

「ああ、でも冷やすのに時間がかかります」

「あったかいプリンがいいんですよ。寂しい時は体が冷えますから」

冷蔵庫を覗いている佐知の華奢《きやしや》で脆《もろ》そうな背中を見つめた。

柊は一葉の視線を辿《たど》って、生徒の背を見た。キッチンを見回して、レンジはあるけどプリンだったら圧力鍋のほうが旨《うま》いんだよな、とひとりごちる。

「オレ、圧力鍋を持ってきます」

「私が持ってきます。その間に進めていてください」

鍋を抱えて戻ってくると、水を張ったステンレス鍋が火にかけられ、五つのプリンの瓶が浸けられていた。柊が卵を割って、佐知が砂糖を量っている。石原はリビングに寝転んで久太郎をお腹の上にのっけて遊んでいた。

一葉と佐知は十分に煮沸した瓶をトングで引き上げ、水気を拭き取っていく。久太郎が一葉の元へ行きたがっても、石原が「久太郎、邪魔するな。食う時間が押してもいいのか」とおどかし、阻止していた。

柊がザルで濾《こ》しながら、瓶にプリン液を均等に注ぎ入れて、アルミホイルをかぶせると、一葉は圧力鍋に水を張って蒸し台を据えた。佐知がその上にプリン液の入った瓶を並べる。火をつけた。

加圧が進む圧力鍋を凝視している佐知に一葉は教えた。

「圧力鍋って、ギュウッと圧縮して食材に閉じ込めるんですよ」

佐知がゆっくりと振り向く。

「何を閉じ込めるんですか」

「あーいじょ――」

寝転んだまま久太郎を持ち上げ石原が答えた。久太郎はこっちを向いて、もちろんそれはぼくです！　というように吠える。

「そうだね、久ちゃんは愛情が詰まってる」

一葉は微笑んでから、柊に向き直った。

「さっき、石原さんがここを借りようといった時、柊先生は反対しませんでした。いつもの先生ならきっと断ったでしょう」

「ええ。立場上、保護者がいないのに勝手に使うわけにはいかないとでもいってました」

「先生は、石原さんがいいだすのを見越していたんじゃないですか？」

バレましたか。と柊はいたずらっぽく笑った。

「料理する場所に意味があると思ったんです。だから蛯名んちのキッチンじゃなきゃいけなかった」

「どうしてですか」

佐知が反対側からぼそりと問う。

「食は基本だ。そしてここは、蛯名がお母さんと新しくやっていくホームだろ。蛯名もお母さんも今が踏ん張り時で、だったらしっかり食べなきゃいけない――上手《うま》い具合に石原さんがいいだしてくれて。……いやひょっとすると彼もその辺を読んだのかもしれないな。

中身がないなんてことはなかったようだ」

柊は肩越しに石原を振り向く。石原はゲラッゲラ笑って久太郎と遊んでいる。一葉は頬を緩めた。柊も目尻にしわを集める。

おもりが揺れ、甘く豊かな香りがまったりと広がる。

火を止める。あとはふたについているピンがおりて圧が抜けるのを待って、できあがり。

ふいに玄関ドアが開いた。キッチンの三人が揃《そろ》って振り向く。

外の光を背に立っているのは、蛯名母だった。鍋に気を取られ誰ひとり、足音に気づかなかった。

彼女は、柊と一葉、ガスレンジの上の圧力鍋を目《ま》の当たりにして呆気《あっけ》に取られる。

「何、してらっしゃるんですか」

「どうも奥さん！」

石原がリビングから景気のいい顔を覗かせた。

どういうことですか、と蛯名母が不信感を露《あらわ》にする。

石原の足元から久太郎が蛯名母へ駆けていって飛びつく。蛯名母はひと懐こい久太郎に一瞬気を削がれた。佐知がその隙をつくようにお守りを揺らす。

「先生たちが、お守りを届けてくれたの」

「佐知、だからって家に上げるなんて。しかもキッチンを使わせて、おまけにひいら……」

「このお守り、離婚する前にみんなで行った最後の初詣《はつもうで》のやつ」

離婚というワードが蛯名母の口を封じる。しかし女子高生が留守番している家に上がり込んでいる連中に批判的な目を向けることは怠《おこた》らない。教師である柊がいても、いや、いるからこそ警戒しているようだ。

「別にあっしらは、悪事を働こうってんじゃないです。むしろ正そうってんでこうして参上仕《つかまつ》ったってことなんですわ」

「石原さん、言葉が素《す》っ頓狂《とんきょう》ですが大丈夫ですか」

石原が胸を張り、一葉が不安がり、柊は床にため息をつく。

「正す……？」

母親が眉間のしわを深くした。石原が柊を手のひらで示す。

「ええ、ご存じでしょう？　こちらの先生のＳＮＳの件ですよ」

全員でリビングのローテーブルを囲む。座る位置は先ほどと同じで、佐知の隣に母親が加わった。蛯名母は、ブラックアウトしているテーブルの上の娘のスマホを見て、猜疑《さいぎ》心いっぱいに柊を見据える。

「さてまずは柊君。どしてこっちに来たの」

石原が問う。

「何でオレなんですか」

言葉ほど驚いた様子もなく、その質問がくるのを予期していたかのように柊は落ち着いていた。

「時系列のほうが理解しやすいでしょ。それに、このお嬢ちゃんがしゃべりやすいようにお手本を見せなくっちゃ」

促された柊は、一葉を見た。一葉は静かに見返して頷く。

柊は深呼吸すると、話をまとめるような間の後で口を開いた。


その学校でも、柊は「先生」ではなく「爽兄」と呼ばれていた。

生徒たちは家庭科教師に、担当外の数学や化学などを教わりに来ていた。質問しづらい教員もいたからだ。

その中で特に熱心に聞きに来ていたのが噂の女子生徒Aさんだった。

他の生徒と同じように、担当教員がいる職員室では、その教員を差し置いて柊から教わることは遠慮し、休み時間に柊を引き留めて聞いていた。熱意があるので、柊としても力が入った。

ところが、時がたつにつれて、彼女は柊が家庭科室にひとりでいる時にやってきたり、放課後に駐車場で待つようになる。

徐々に柊は釈然としない気持ちになってきた。聞きたいことがあったら、休み時間に教室で質問してくれと伝えると、Aさんは、分かりましたと素直に了承した。その時は。

ところが間もなく、校内にあるカフェで他の子たちも交えて教えてほしいと頼んできた。他の子もいるならと引き受けたが、気がつくとAさんとふたりきりになっていて、好意を伝えられた。

一葉の心臓がドキリと跳ねる。

「え、まさか……」

石原が身を乗り出して自分のスマホを柊に向ける。録音機能を使っているらしい。

柊は、うんざりした感じで顔を引いてスマホを避ける。

「気持ちには応《こた》えられないと返しましたよ」

「いやはや残念なことで」

「は!?」

「てか、それだけで噂になんの？」

石原はあくびをする。柊は座り直す。

「彼女、オレのマンションに来たんです」

来ないように強く釘を刺すと豹変《ひょうへん》。

Aさんは教育委員会の教育長の娘であり、柊が自分にしつこくつきまとってくると父親に訴えた。それを裏づける目撃情報も寄せられる。カフェでふたりきりで会っているとか、柊のマンションでデートしているとか。

その情報を訂正してくれる声も上がった。そのおかげと、学校のメンツもあって懲戒免職や警察沙汰《ざた》は免《まぬが》れた。結果自己都合退職だ。

盛岡に来ることにしたのは、できるだけ東京から離れたかったことと、生前、祖父が住んでいたので、子どもの頃に来たことがあったという理由から。

家族にも迷惑かけられないし、ここしか頼るところがなかった、と吐露した。

聞き終えた一葉は唇を嚙んだ。一生懸命やっていただけだ。ひとのために尽くしていただけだ。それが裏目に出て、誤解され、職を失い、生きる場所も移さねばならなくなった。大事なものを失った柊の胸中を想うと苦しくなる。

蛯名母は、驚いた顔で柊を見ている。

「ほら、このセンセーだって明かしたんだから君も吐きな」

石原が佐知にスマホを向ける。

佐知は自分のスマホの画面に触れた。表示されたのは噂のＳＮＳ。

覗き込んだ母親が佐知とそれを見比べて、目を見開いた。

「佐知？　どういうこと？　まさかこのミルク＆エッグっていうのは」

久太郎が一葉の膝の上からおりて、佐知に近づく。佐知は彼の頭をなでた。少しずつ、佐知から放たれている息詰まるほどの緊張感や警戒心といったものが薄れていく。

彼女は深呼吸してみんなに顔を向けた。

「おとなには分からないと思いますが」と断ってから、注目されたかったと打ち明けた。

母親が娘の右肩をつかんだ。

「佐知っそんなくだらないことのために、なんてことを」

声を荒らげた母親を「お母さん」と柊が冷静な声で止めて、佐知に話を促す。苦しめられたのに、生徒を憎むということはしないらしい彼に、一葉は一目置く。

加えて、蛯名母のほうも感情をセーブできるのは、職業柄だろうか。とはいえ、首筋には何かの些細なきっかけさえあれば、あっという間に破裂しそうな太い筋がしっかりと浮き出ているが。

「いいねがつくと」

と佐知がいった。

自分自身の存在が認められた気がしたという。ずっと誰にも気に留めてもらえないと思っていた自分が、ＳＮＳの中ならひととつながっていられて、見守られている気がしたという。いいねの数が自分の価値だった。

「まあ、オレもあんたの気持ちは分かるよ。そういう商売だからな」

石原が一定の理解を示す。

「仮名で上げた投稿が注目されたところで、誰も蛯名だと分からないだろ。意味あるのか？」

柊が口を挟む。

「だからいいの。叩かれたとしてもあたしってバレてなければ、あたしが攻撃されたわけじゃないって思えるし、削除すればそれで終わり」

「そのすぐにお終いにできる世界で、いいねをもらって嬉しいのか」

「嬉しいです！」

石原が張り切っていう。石原さんはいいですから、と柊が迷惑顔をする。佐知が続ける。

「嬉しいです。大げさですけど、生きてていいんだって思えます」

ふんふん、と石原は頷く。

柊は腕を組む。

「肯定は受け入れて否定は受け入れないわけか……」

一葉はスマホを見つめる。顔も実名も分からない四角く薄い機械の中で展開される世界であっても、誰かのまなざしがほしい。

受け入れてもらいたかった佐知の気持ちを思うと、一葉はいたたまれなくなる。

「君、なんで柊君をターゲットにしたの。他にもヤバイことしてそうなやついるでしょ」

「爽兄が人気者だからムカついたんです」

スルリと佐知が白状した。

「佐知」

母親が娘の袖を引っ張ってたしなめる。佐知の体が揺れる。

「みんなにちやほやされて、みんなに囲まれて。憎たらしかったんです。でも、完璧な人間なんているわけないでしょ。過去を探ったら何か出てくるんじゃないかって。現に、ゲイとかいうのも嘘だったわけだし。小さな嘘の裏にはそれより大きな嘘が隠れてるってのは定番中の定番でしょう」

「よくエセゲイだって見抜いたねえ」

石原が顎をなでながら感心する。

佐知は一葉を一瞥《いちべつ》した。

急に目を向けられて、一葉は瞬きする。

佐知は柊へも視線を走らせる。それから石原を見て吐き捨てた。

「それくらい分かりますよ」

佐知は冷笑した。引っ越し作業を柊が手伝ってくれなかった時に浮かべた笑みと同じだ。あれは端《はな》からゲイだという噂を信じていなかったゆえの笑みだったんだ、と今更になって気づいた。そしてそれは、諦《あきら》めの笑み――。

「前の学校での噂をどうやってつかんだの」

「裏サイトです」

一葉と石原は、チラッと目を見合わせる。

「何で今になって？　何がきっかけ？」

「引っ越しを手伝ってくれなかった。ひどく事務的に、離婚で苗字が変わったら手続きしろといった。親切で気さくなのは学校だけなんだと」

「待って。女子にはそもそも当たりがきついやつだろ、それはお嬢ちゃん自身がいってたじゃん」

「いいました。でもあの時は無性にムカついたんです、自分でもおかしいくらいに。とことん失望したんです」

　おそらく彼女のいう失望は、「見捨てられた」ということと紐《ひも》づけされているのだ。

　佐知は小さい頃からずっと自分を抑えて生きてきたんだろう。それが親の離婚と引っ越しが重なった上に、母親が引っ越し作業の途中で仕事に行った。あとのすべてを「しっかり者」の佐知に任せて。

　いや、きっかけなんて引っ越し以前からあったのだ。毎日少しずつきっかけは積み上げられてきた。見捨てられた失望という強いストレスに見舞われて、抑え切れなくなったのだ。強いストレスは、感情が安定して温厚な柊でさえ、あの夜のように取り乱させるのだから。

　一葉は、お守りを見つめる。

「お守り、大切にしてるんですね」

　そっというと、佐知は奪われまいとするかのように引き寄せた。

「父さんと母さん、ケンカが絶えなかったし、しばらく前から離婚の話は出ていたもんね。あたしこの初詣で、離婚しませんようにって必死に祈っちゃった」

　佐知の横顔を見つめる蛯名母の喉が動く。背中はずっと突っ張っている。

「叶わなかったけど、それでも一緒に出かけた最後の思い出だから」

佐知はお守りを胸元まで持ち上げて少し笑った。お守りの勾玉がカチカチと鳴る。誰の邪魔にもなるまいと気を遣っているような慎ましやかな音だった。勾玉は傷だらけ、紐は切れて色も褪《あ》せている。一葉には、佐知自身に見えた。

親の不仲を前に、佐知は自分自身の存在を否定し、自信など持てなくなっていたのだろう。それゆえ、他人の承認を得ることで自分の存在を確認しようとした。

「寂しかったですね」

一葉は気持ちを寄せた。佐知は一葉を見る。

「寂しかったのかな……そっか、寂しかったんだ……恥ずかしいです高校生になってまで寂しいとか。親が離婚したって別に寂しくないひとはいるのに、あたしは、離婚の前からもうずっと……」

母親は他の患者に忙しい。こんなに心を痛めた患者がすぐそばにいるのに。小さい頃から、ずっと痛い痛いと泣き続けているのに。

痛みは癒《い》えぬまま、今や、母親が働かないというわけにいかなくなって、しっかり者の彼女はさらに自分の素直な気持ちを吐き出すことができなくなった。

しっかりしていることが佐知自身をギュウギュウに窮屈にしていた。

「寂しさって慣れるってことがないですよね。ただただ深くなっていくばっかりで」

ほんの些細なことでいい、ひとつでいい、それがたとえ思い出でも、温かなものがあれば芯からの寂しさの穴に落ちずにすむのだが。

「佐知さんあのね、私、失恋した時に、もう誰からも相手にしてもらえないんだと思ったんですよ」

打ち明けた一葉に、佐知と蛯名母と柊の視線が集まる。石原は顔を伏せてスマホを操作している。

「でも、親友や柊先生や久太郎が支えてくれました」

頰に柊の視線を感じる。名前を呼ばれた久太郎が一葉を見て、尾を振った。

「私にはそういうひとたちがいるんだって改めて気づいたんです。佐知さん、これからは、その都度お母さんに気持ちを打ち明けてみませんか。もちろん、私たちもいます。親しい他のひとたちも。例えばほら、ショッピングモールで一緒にいた友だち」

「あの子たちは一緒に行動することもあるけど、それほど親しくはないんです。あたしをどう思ってるのかは分かりません」

「だからって、SNSは見知らぬ誰かが相手だろ、もっと知れたもんじゃない」

柊が渋面をする。石原がスマホから顔を上げることなく、まま柊君、とおざなりになだめる。

「佐知さんが楽しくて充実してるのならいいんですが、特に最近の投稿に、そういう感じは見受けられません」

「分かった風にいうんですね」

一葉の言葉に、佐知が痛みを堪《こら》えるような顔で笑ってみせた。

「あなたと同じですから。私はあるひとに好かれたくて頑張ったことがありました。要するに私も、そのひとのいいねがほしかったんですね。そのひとに気に入られるために料理好きだと嘘もつきましたし、料理ができるみたいな見栄も張りました。それは、手間暇かけて自分と相手を欺《あざむ》いていたということだったんです。そんなことをあなたに続けてほしくないんです。私たちの持ち時間は永遠じゃありません。その大事な時間を、他人の評価ばかりを気にして他人基準で費やすのは、あまりにもったいなくはないですか？」

佐知は顔を歪める。下まぶたに涙が盛り上がり始めた。久太郎の首に添えられた手が縮むように握り込まれていく。

この子がほしいのはいいねではなく、自分の存在理由なのだ。自分は大事な人間だ、愛されていい存在だと信じたいのだ。

自分がかけがえのない存在だと、折に触れて認識しないと、ひとはそこから前に進めなくなってしまう。

「佐知さん、忘れないでください。そもそも、あなたは他人にいいねされなくても、もうとっくに『いい』ということを。あなたは、もうそれだけで充分に愛しい存在なんです。ね？」


佐知が俯いて顔を覆った。

蛯名母が佐知を抱き寄せた。

しばらくして落ち着くと、蛯名母が申し訳ありませんでした、と柊に頭を下げた。

柊はいいえ、と返す。言葉こそ少なかったが怒っている様子も呆《あき》れている様子もない。

「爽兄、ごめんなさい」

佐知も謝った。柊は軽く首を横に振る。佐知は、母へ涙の残る顔を向けた。

「母さん、こんなことしてしまって、ごめんなさい」

「あたしのほうこそ、今までごめんね」


並ぶ五つのプリンからほやほやと湯気が上がっている。表面は深いカラメル色がとろりとかかり、黄色い側面をなぞって底に溜まっている。カラメルに浸るつやつやのプリンは西に傾く日の光を滑らせていた。

「湯気上げてるプリンってオレ、二十九年間生きてきて初めて見たわ」

石原が腕まくりをしてスプーンを手にする。柊が目の下をひくつかせた。

「石原さんて二十九歳なんですか」

「若いって褒めたいんだろ？　みんなそう感心するんだ」

「周りのひと、『見た目はガラの悪いおとな・頭脳は小学生』といいたいところを涙ぐましい努力で飲み込んでるんですね」

「一葉ちゃん、このひととつき合うのはやめといたほうがいいよ。こんな冷たい長谷川級どSを彼氏にしたら苦労するよ」

「やめとくも何も、先生には想う方がいらっしゃいますよ」

一葉は笑った。笑えた。

「ええっ嘘だろ」

「待ってください、何のことですか」

「あたしの予想と違う」

ワン！

石原と柊と佐知が驚愕《きょうがく》し、久太郎が吠えた。

柊が咳《せき》払いをする。

「何かとんでもない誤解があるようで、今すぐ訂正したいのですが、ここじゃ何ですので

「その話はあとにしましょう」

一葉は蛯名母にプリンを差し出した。

「どうぞ。柊先生が作ってくださいました」

じっと見ている蛯名母。

真っ先に石原がパクパクと食べて、旨っ、と柊に親指を立てる。

「香りと甘さが強い」

「温かいからでしょうか」

一葉も口にした。生クリームを混ぜたようにコクがあって、ミルク感が強い。卵と牛乳の味が濃い。それでいてしつこくない。食感は滑らかで、舌になじんで消えていく。

柊の腕がいいのはもちろんのこと、食材のよさもあるだろう。

一葉が柊に顔を向けると、彼は一葉を見つめていた。一葉が指で丸を作ると、柊はふんわりと表情を和《やわ》らげる。

「できたてを食べたのは久しぶりです。母さんも食べてみて」

食べた佐知が母親に勧める。それを見ていただきます、と蛯名母がすくって口に入れた。

頬が緩む。

「母さん、ずっと前に作ってくれたことがあったよね」

母親にいう。母親は覚えていないようであいまいに首を傾げた。

「そうだった？」

佐知は一葉たちに向き直った。

「学校から帰ってきたらテーブルの上で湯気を上げていたんです。メモに、粗熱が取れたら冷やして、夕飯の後に食べなさいってありましたが、あたしは待ちきれませんでした。それを食べてたら、いつもとは違って、母がまだそばにいるような気がしたんです」

親が覚えていなくても、子どもはしっかりと記憶に刻んでいる。

「忙しかったのに、母さんはその合間を縫って作ってくれたんだよね――」

温かなプリンを両手で包む佐知は、凍《こご》えた体を温めようとしているかのようだ。

「佐知……」

「離婚のことだけど。今落ち着いて考えてみれば、離婚はよかったと思う。夫婦であることでかかっていたストレスがその分減るのなら、それがベストだから」

佐知は親の離婚を、自身の感情を差し置いて客観的に見て肯定した。

「まあ、あたしがいるせいで母さんは苦労してると思うけど」

笑顔で強がりをいったが、その声には隠しきれない湿り気があった。

「苦労してるどころか、佐知はあたしの励みよ」

母親がいうと、佐知は驚いた顔で凝視した。

「そうだったの？」

「今までそういう話、したことなかったもんね。ごめんね」

母親は娘の華奢な背をいたわるようにさする。一葉は、多くの病んだひとびとの助けになってきたその手に、これから佐知が健やかに真っ直ぐ生きていけますように、と願いを乗せる。

久太郎が佐知の太腿に足を乗せて背伸びをし、頬を伝う涙を舐めた。

佐知は作り手の柊に「あげてもいい？」と伺いを立てる。

柊は、もちろん、と答えた。

佐知はプリンをひと匙《さじ》すくうと、手のひらにとって食べさせた。

「おいしい？」

ペロリと食べた久太郎は誰にも知られたくない内緒話をするように、鼻をつんつんと上げる。

「よかったねえ」

佐知の顔がほころぶ。

久太郎が幸せだと、眺めている周りの人間の気持ちも満たされる。そばに幸福なものがいると、その幸福がうつる。久太郎は、自身が周りの人間を幸せにしていると分かっているだろうか。

石原が口を開いた。

「お嬢ちゃん、このセンセーはさ、誤解されて、生きる場を一回失ったんだけどさ、ひとのために料理を作るのだけは嫌いにならなかったし、続けた。でさ、今別に不幸じゃねえじゃん。あんたも好きなことを見つけなよ。それが幸せになる一番の近道じゃねえかな」

好きなことが行き詰まってスランプに陥《おちい》ったが、スランプになったまさにその好きなことで、彼は立ち上がり歩きだせた。好きは辛いを凌駕《りようが》する。

佐知は石原を見つめた。一葉と柊は目を見張る。石原が得意げにニッと笑う。

「――急にまともなこといってる」

柊がぼそりと呟く。石原が上げたままの眉を寄せる。

「オレがまともじゃないことをいったことが一度でもあったか」

「え、まともだと思ってしゃべってたんですか」

やり取りを聞いていた蛯名母子《おやこ》が笑った。

「爽兄、百瀬さん、石原さん、ありがとうございます」

久太郎が吠えた。

「あ、ごめん久太郎君も、ありがとね。プリン、今度はあたしが母に作ってあげます」

「あら、あたしも一緒に作るわよ」

母子は、雨上がりに葉っぱを滑る雫《しずく》のようなキラキラと輝く笑顔を見せた。


その日、例のアカウントには、噂を訂正するスレッドが上がった。大炎上になったが、ミルク&エッグはリプを読んだのか読んでいないのか、返信することも、訂正スレッドを取り下げることもなかった。


「先生、お伺いしたいんですが」

一葉には気になっていることがあった。

焼き鳥の香ばしい煙がうっすらと天井付近に溜まる南部である。カウンターの奥から順に、柊、一葉、石原。それぞれのビールはグラスの半分まで減っている。石原は二杯目の半分。料理はじっくり味を染み込ませたおでん、ほくほくのかぼちゃの煮物、香ばしい焼き色がついたホタテのバター焼きが並ぶ。

足元には久太郎が丸くなっている。

勇の隣で昆布《こんぶ》を結んでいる歩美がチラッと一葉を見た。

「あのＳＮＳが本当じゃないとしたら、ではあの夜、何が本当だとおっしゃっていたんですか」

柊は、束の間思い出すように視線を彷徨《さまよ》わせると、真っ赤になって拳を口元に当てた。

石原がカウンターに肘をついて首を突っ込んできた。

「え、何々行き違い？　一葉ちゃんはＳＮＳの真偽を追及していて、それに対して柊君は何かを勘違いして『本当』だと返したわけか……。あー！　分かった。分かっちゃった。柊君さぁアレでしょ大方、一葉ちゃんに、こく」

柊は席を立って、一葉の後ろを回り、石原の腕をつかむ。

「デリカシーがない上に野生の勘がいいと、類を見ないほど面倒くさいひとになりますね。石原さん、ちょっと職員室に……じゃなかった、表で話をつけましょうか」

「え、怖い怖い怖いセンセー怖い」

石原はカウンターにつかまる。柊がぐいぐい引っ張り、ついに立ち上がらせた。

「東京へはいつ帰るんですか」

「何その帰れ的な」

「的な、ではなくてガチでとっととお帰りくださいお疲れさまでしたさようならとお伝えしてるんです」

「お、おおお。そこまではっきりくっきり鮮やかに要請されたんじゃ当分は帰れねえな」

出口へと引っ張られていく石原。柊がスマホを出して操作すると耳に当てた。

「――あ、長谷川さん。柊です」

編集者の名前を聞いた石原が、絵に描いたようにギョッとする。柊は手短に挨拶をすませると、

「石原さんですが、こちらでは手に負えません。そろそろ引き取っていただけませんか」

「ちょ、ちょちょちょ何いってんのよ切りなさいよ、長谷川来なくていいからちゃんとやってるからっ」

身を乗り出してスマホに向かって声を伸ばした石原に、スマホをかざす。

「切れました」

途端、石原のポケットで電子音がけたたましく鳴り響いた。スマホを取り出し画面を確認して、ひぃっと悲鳴を上げて柊にしがみつく。顔をしかめた柊にスマホを突きつける。

「ちょっと柊君これ何とかしてよ」

「早く出たほうがいいんじゃないですか」

石原がつばを飲み込み、恐る恐るスマホをタップした。たちどころに編集者の怒号が響き、店内にいたお客が注目する。久太郎も興奮して吠え立てた。

石原はギャンギャン吠えるスマホを落としそうになりながら、戸を開け、柊を引っ張って出ていく。

「君、なだめてよ。どS鬼同士理解し合えるでしょ」

「自業自得でしょう」

スマホにしゃべり始める石原。

「来なくていいから戻らないから失礼なことなんてひとっつもやらかしてませんオレときた日にゃすげえ紳士的で協力的で道徳的で、は？　お、おお書いてるよ、当ったり前だろ。明日には文豪の大傑作を送ったるよまーじーでー今だってちょうど書いてた時だったし」

などと考えつく限りの自己弁護と欺瞞《ぎまん》を並べ立てながら戸を閉めた。

ガラスにふたりのシルエットが映る。

一葉は残っていたグラスのビールを飲み干すと新たに注いだ。

「例えばさあ、センセーがあんたを好きだっていったらどうする？」

歩美が試すように聞く。

「ないよ」

「速っ」

「例えばも何も、ないんだよ。柊先生には、想ってるひとがいるんだもの」

「どうかな。柊センセーがその相手にフラれるかもしれないし、その相手が恐ろしく鈍くて鬼のようにズレてていずれ劣らぬ思い込みの激しさでもって、それらしいことを柊センセーが示しても全くスルーするひとだったりすりゃ」

「そんなひと、いるわけないよ」

歩美が噴き出した。勇も笑いを噛み殺している。何がおかしいのか一葉には見当もつかない。

お客がレジへ立つ。歩美が行く。戸車が回る音がしてありがとうございましたーと見送る。何度か引き戸が開閉される。久太郎が顔を上げる。一葉はビールを飲み干す。耳に入ってくる喧騒《けんそう》がぼやけ、酔いが回ってきているのが自分でも分かる。

歩美が戻ってきて、「で、柊センセーの件の続きだけど」と促す。

一葉はカウンターに並んでいた純米酒の『南部はなよめ』を指してそれ飲みたい、とリクエストし、歩美が取って、新しいグラスに注ぐ。

柔らかくて甘い口当たり。心地よくだるくなってきた。

「先生はフラれないよ。気が利いて、目端が利いて、利発で、家事もできちゃって、人柄がよくて、穏やかで、ひとを思いやれて、感情は安定してて、そんなひとをフルひとなんていない」

柊を評価すると、久太郎が不満げに鼻を鳴らした。

おしぼりを開いて手前に折って左右を折り込む。それ以上たためなくなったところで開いていく。またたたむ。開く。手元がじわっと二重に見えた。頭はふわふわしてくるが、体は沈むように重たくなっていく。

「一葉の言葉を要約すると、つまりは好きなんだ」

おしぼりの動きが止まる。焼き鳥の脂《あぶら》が落ちて、ジュッと音を立て香ばしい煙が上がる。

火照《ほて》った顔を上げると、歩美は得意げな顔で一葉を見おろしていた。

「あたし、いったよね。次に出会う男はもっといい男だって」

歩美が視線を一葉の後ろに向ける。

恐る恐る振り返る。

柊が立っていた。一葉は目を見開く。

「あ、え、いつから……?」

「『柊センセーの件の続き』からです」

柊がいう。

一葉は椅子から転がり落ちそうになる。柊が一葉の腕をつかみ背中を支えた。

座らせられた一葉は、カウンターに突っ伏すようにつかまる。鼓動が、タガが外れたみたいにゴンゴンゴンゴン打ちまくり胸が砕けそうだ。それが、落ちそうになったショックのせいなのか、酒のせいなのか、柊に歩美とのやり取りを聞かれたせいなのか判別できない。

「あ、圧力鍋……」

「はあ？」

歩美が口を歪める。

「圧力鍋を買った時、それを落っことしそうになって、咄嗟につかまえたことが」

一葉は頭を押さえる。世界がゆったりと回っている。

久太郎が一葉の膝に前足をかけて、案じるように顔を覗き込んでくる。

「頭の中を駆け巡ったの。自分とその圧力鍋がダブっちゃった」

「鍋とダブったって……」

歩美は頭の横でひと差し指をくるくる回す。

「あ～あ訳分かんないこといい始めた。飲みすぎだよ、もう帰んな。あ、お代はいらないよ」

「え？」

「うちからのお祝い」

「何の」

「いろんなことをひっくるめたお祝い」

歩美と勇が目を見合わせる。

「お祝いならありがたく、ご馳走《ちそう》になります」

「ご馳走様です」

一葉と柊は揃って礼をいう。

歩美が店の外まで見送ってくれる。

「あれセンセー、あのウェハース作家は？」

「帰りましたよ泣きながら。あ、そういえば彼、圧力鍋が圧縮するのは愛情だといってましたね」

「あの作家、へえ、そんなことといったんだ。いうほどウェハースじゃなかったわけか。じゃあその圧縮したなんちゃらを鍋みたいに落っことさないようにね」

ふたりはパンッと背を叩かれて押し出された。

とろみのある空気に包まれた細い路地を抜けて、保険屋や証券会社などのビルの建ち並ぶ大通りに出ると、空気は一変し、キンと冴え渡っていた。

当然のように柊が車道側を歩いてくれる。

久太郎は尾を尻の上に巻き上げてグイグイ進む。

「オレもリードを持ってみてもいいですか」

柊が申し出る。一葉は満面の笑みでリードの輪の部分を差し出した。

気配を察して久太郎が足を止めて振り向く。柊に伸ばされたリードを見て、眉の辺りをくぼませた。今回はえらい深い。雨が降ったら池ができて鯉《こい》でも飼えそうなくらいだ。

一葉はそんな久太郎のくぼみに噴き出して、柊に「一緒に持ちましょう」といった。柊は久太郎を見ながら、手をグーパーした後、慎重にリードを握る。

柊の小指に手が触れた。柊の拳は一葉のより大きい。

久太郎の目が、リードを握る一葉の手を捉えるとようやく歩きだす。

「初めてリードを持ちましたが、久ちゃんの振動が伝わってきてなんか不思議な感覚がします」

「私の場合、久ちゃんと歩くとエネルギーがチャージされてく気がするんですよ」

ひとつの輪につかまる大小の拳を見る。誰かと一緒に持って初めて気がついた。小指側が触れ合うと、拳はハートに見えることに。自分ひとりではハートにはならないんだ。

百瀬さん、と柊が静かに呼んだ。

考えていたことを見抜かれたんじゃないかと、一葉はドキリとする。

「さっき南部で、オレがフラれるわけないって、いいましたよね」

「――い、いいました」

よろしい、とばかりに柊が重々しく頷いて、足を止めた。リードがピンと張る。

柊が一葉に向き直った。

一葉は目を見開いて柊を見つめる。

心臓が音を立てる。

チャッチャッチャッチャッというアスファルトを引っ掻《か》く音が大きくなってくる。

「想ってるひととか、それが本当とか、それ全部――」

全力で駆けてきた久太郎が、柊に突っ込んだ。

静まり返った夜の街に、柊の悲鳴と、久太郎の吠える声と、一葉の久太郎を止める声が響き渡った。

※この作品はフィクションです。実在の人物・団体・事件などにはいっさい関係ありません。

集英社オレンジ文庫をお買い上げいただき、ありがとうございます。
ご意見・ご感想をお待ちしております。

● あて先
〒101-8050　東京都千代田区一ツ橋2-5-10
集英社オレンジ文庫編集部 気付
髙森美由紀先生

集英社
オレンジ文庫

柊先生の小さなキッチン

2021年3月24日　第1刷発行

著　者　髙森美由紀
発行者　北畠輝幸
発行所　株式会社集英社
〒101-8050東京都千代田区一ツ橋2-5-10
電話【編集部】03-3230-6352
【読者係】03-3230-6080
【販売部】03-3230-6393（書店専用）
印刷所　凸版印刷株式会社

※定価はカバーに表示してあります

造本には十分注意しておりますが、乱丁・落丁(本のページ順序の間違いや抜け落ち)の場合はお取り替え致します。購入された書店名を明記して小社読者係宛にお送り下さい。送料は小社負担でお取り替え致します。但し、古書店で購入したものについてはお取り替え出来ません。なお、本書の一部あるいは全部を無断で複写複製することは、法律で認められた場合を除き、著作権の侵害となります。また、業者など、読者本人以外による本書のデジタル化は、いかなる場合でも一切認められませんのでご注意下さい。

©MIYUKI TAKAMORI 2021　Printed in Japan
ISBN 978-4-08-680371-7 C0193

集英社オレンジ文庫

高森美由紀

花木荘のひとびと

盛岡にある古アパート・花木荘の住人は
生きるのが下手で少し不器用な
人間ばかり。そんな彼らが、
管理人のトミや様々な人と
触れ合う中で答えを見つけていく
あたたかな癒しと再生の物語。

好評発売中
【電子書籍版も配信中　詳しくはこちら→http://ebooks.shueisha.co.jp/orange/】

集英社オレンジ文庫

仲村つばき

王杖よ、星すら見えない廃墟で踊れ

『ワガママ王子』サミュエルと、
兄に成り代わり出仕した男装の令嬢エスメ。
二人が出会う時、王国に新たな風が吹く!

——〈廃墟〉シリーズ既刊・好評発売中——
【電子書籍版も配信中　詳しくはこちら→http://ebooks.shueisha.co.jp/orange/】

廃墟の片隅で春の詩《うた》を歌え　王女の帰還
廃墟の片隅で春の詩《うた》を歌え　女王の戴冠
ベアトリス、お前は廃墟の鍵を持つ王女

集英社オレンジ文庫

一原みう

祭りの夜空にテンバリ上げて

コロナ禍で失業した渚に、父の訃報と
借金の督促が届いた。返済の条件は、
父の稼業を継いでたこ焼きを売ること!?
お祭りは中止、イベントは自粛で
集客が困難な中、渚が発案した
この時世ならではのお祭りとは…?

集英社オレンジ文庫

猫田佐文

透明人間はキスをしない

高校三年生の冬、俺は風逢に出会った。
冬の神戸、三宮。
確かにそこにいるのに、
俺以外には見えない透明人間。
消えゆく君との出逢いから始まる、
真冬の青春ストーリー!

集英社オレンジ文庫

山口幸三郎

君を忘れる朝がくる。
五人の宿泊客と無愛想な支配人

湖のほとりのペンション「レテ」には、
泊まるとなくしたい記憶を消してくれる
不思議な部屋があるという…。
心に傷を抱える人が今日もまた一人、
ペンションを訪れる…！

好評発売中
【電子書籍版も配信中　詳しくはこちら→http://ebooks.shueisha.co.jp/orange/】

集英社オレンジ文庫

小湊悠貴
ゆきうさぎのお品書き
シリーズ

①6時20分の肉じゃが
大学生の碧は、若店主・大樹が営む小料理屋でバイトすることに！

②8月花火と氷いちご
先代店主の祖母が大樹に教えなかった豚の角煮のレシピとは…？

③熱々おでんと雪見酒
大樹の弟の奥さんがご来店！　突然の訪問にはある事情があって…。

④親子のための鯛茶漬け
新しい家族との親睦も、思い出の味の再現も「ゆきうさぎ」にお任せ!!

⑤祝い膳には天ぷらを
昼間のパート募集をはじめた矢先、さっそく応募してきたのは…？

⑥あじさい揚げと金平糖
消息不明だった大樹の叔父が現れ「ゆきうさぎ」が閉店の危機に!?

⑦母と娘のちらし寿司
教員採用試験を受けられなかった失意の碧に、大樹は寄り添って…。

⑧白雪姫の焼きりんご
恋人になった碧と大樹。けれど厳格な大樹の祖母が来店して…？

⑨風花舞う日にみぞれ鍋
碧が大樹の祖母についにお許し!?　けじめと新たな出発の予感!!

⑩あらたな季節の店開き
「ゆきうさぎ」の常連客や従業員のあれからやこれからが満載!!

好評発売中
【電子書籍版も配信中　詳しくはこちら→http://ebooks.shueisha.co.jp/orange/】

集英社オレンジ文庫

新樫 樹

カフェ古街《こまち》の
ウソつきな魔法使い
なくした物語の続き、はじめます

人が吐《つ》いたウソがわかるせいで
心を閉ざしがちなカフェ店員の万結。
職場のカフェにはさまざまな
“ウソつき”たちがやってきて…。

好評発売中
【電子書籍版も配信中　詳しくはこちら→http://ebooks.shueisha.co.jp/orange/】

集英社オレンジ文庫

瀬王みかる

あやかしに迷惑してますが、
一緒に占いカフェやってます

一杯につき一件の占いを請け負う
ドリンク専門のキッチンカーを営むのは、
守護霊と会話できる家出御曹司と、
彼の家を守護してきたあやかしで…？

好評発売中
【電子書籍版も配信中　詳しくはこちら→http://ebooks.shueisha.co.jp/orange/】

コバルト文庫　オレンジ文庫

「ノベル大賞」

募集中！

小説の書き手を目指す方を、募集します！

幅広く楽しめるエンターテインメント作品であれば、どんなジャンルでもＯＫ！

恋愛、ファンタジー、コメディ、ミステリ、ホラー、ＳＦ、etc……。

あなたが「面白い！」と思える作品をぶつけてください！

この賞で才能を開花させ、ベストセラー作家の仲間入りを目指してみませんか⁉

大賞入選作
正賞と副賞300万円

準大賞入選作
正賞と副賞100万円

佳作入選作
正賞と副賞50万円

【応募原稿枚数】

400字詰め縦書き原稿100～400枚。


【しめきり】

毎年1月10日（当日消印有効）

【応募資格】

男女・年齢・プロアマ問わず

【入選発表】

オレンジ文庫公式サイト、WebマガジンCobalt、および夏ごろ発売の文庫挟み込みチラシ紙上。入選後は文庫刊行確約!

（その際には、集英社の規定に基づき、印税をお支払いいたします）

【原稿宛先】
〒101-8050　東京都千代田区一ツ橋2-5-10
（株）集英社　コバルト編集部「ノベル大賞」係

※応募に関する詳しい要項およびWebからの応募は
公式サイト（orangebunko.shueisha.co.jp）をご覧ください。